ことのは文庫

# 冥土の土産屋『まほろば堂』

## 倉敷美観地区店へようこそ

光明寺祭人



MICRO MAGAZINE

Contents

# 冥土の土産屋『まほろば堂』

倉敷美観地区店へようこそ

# 第一章　望みの居場所はどこですか？

『あなたの望みを叶えます～フロアレディ募集中～』

スマートフォンの画面を見つめながら、逢沢望美《あいさわのぞみ》はため息をついた。

JR岡山《おかやま》駅のプラットホーム。夕暮れ時の傾きかけた日差しが、彼女のローヒールの黒いパンプスに長い人影を落としている。

『晴れの国』と称される岡山らしい穏やかな気候ではあるが、季節柄か少し肌寒い。かさつく細い首筋を空いた片手で撫でる。くたびれかけたグレーの通勤着。少し身をすぼめながら望美は襟元を押さえた。

ぼんやりとホームの向かいに視線を投げると、帰宅途中のサラリーマンや学生でごった返している。最前列だから見通しは良い。

冷たい秋風にセミロングの黒髪がはらりとなびく。望美はスカートの裾を整え直した。

望美は派遣社員として、三ヶ月前から駅前の中層雑居ビル内のオフィスでデータ入力などの事務に携わっている。全国展開をしている物流会社の駅前営業所なのだそうだが、実際のところ詳しくは知らないし、興味もない。

スマートフォンの画面をメールアプリに切り替える。

『逢沢 望美 様　お疲れ様です。急な伝達で申し訳ございませんが、現在の勤務地は今月末日を持ちまして満了となります』

先日、所属する派遣会社から契約打ち切りとのメール通達を受けたばかりだ。来月からは無収入。次の派遣先は決まっていない。

高校卒業と同時に社会人として独り暮らしを始めて四年。二十二歳という年齢ながら、移った職場の数は両手では数え足りない。

人付き合いが苦手なので、ひとつの職場に留まらない仕事が向いているかもしれない。そう考えて一年前から人材派遣サービスに登録した。だけど、このように生活が不安定になりがちなのがネックだ。

しかも望美は、ある事情で借金を抱えている。月々の返済が薄給の彼女の肩に重く伸し掛かる。しかし頼れる身寄りもない。

――ハァ、やっぱ夜のお仕事するしかない……のかなぁ。

「ちょっとやだー、押さんでよ」

後列でふざけながら、じゃれ合う女子高生たちの声。望美はちらと振り返った。数年前まで自分が着ていた制服だ。

「ねえ、結局第一志望どこにするん」

「あたしね、県立大にしようかと思おとるんよ」

「ほんまあ。ぼっけえ難関じゃが」

「背伸びかもしれないけど、一生のことじゃけえね」

――一生のこと、か。あたしも大学行きたかったな。

PC業務で疲れた目をしばたたかせ、遠い空を見つめる望美。背後には高層とは言い難いビルの町並みが穏やかに広がる。いつもの見慣れた景色だ。政令指定都市のターミナル駅周辺でありながら、比較的のどかな方ではなかろうか。彼方に垣間見える山並みが、艶《あで》やかな茜色に染まっている。

――きれい。

『「天高く馬肥ゆる秋」ということわざがあってね。秋の空は高くて空気も綺麗だから、馬もすくすくと肥えるって意味なんだよ』

そう教えてくれたのは望美の父だった。もう秋というよりは冬に近い季節ではあるが、今日の空はたしかに澄んで美しい。

ふと幼い頃、父が何時《いつ》も読んでくれた絵本を思い出す。たしか『しあわせのくに、まほろば』という表題だった。

『あらそいやにくしみ。よのなかは、いろいろなことでよごれています。だけど、このくにはよごれていない。だから「まほろば」は、くうきがすんでいてうつくしいのです』

おぼろげな記憶では、そんな内容だっただろうか。だけど表紙に描かれていた、幻想的な深い藍《あい》色の空だけは今でも鮮明に覚えている。

——どこにあるんだろう、あたしの居場所《まほろば》は。

絵本はもう望美の手元には残っていない。何より確認しようにも、いつも読み聞かせをしてくれた優しい父は、もうこの世にはいない。

ため息と共に、再びスマートフォンの画面に視線を落とす。

——とにかく仕事を見つけなきゃ。

『時給：二千五百円　プラス報奨金（※月収五十万円以上可能）』

ぶんぶんと首を振る望美。眉間に皺《しわ》が寄る。

——やっぱキャバ嬢なんて無理。ただでさえ人と話すのが苦手なのに。だけど昼の仕事だけじゃ借金は返せない。しかも来月からは無職……。

——おとうさんが死んで以来、あたしの人生いいことなんてなかった。……もしもここから線路へ飛び降りたら、楽になれるのかな。幸せの国まほろばへ、天国へ行けるのかな。ってそんな勇気これっぽっちもないんだけどね。

——天国や地獄なんて、きっと人間が作り出したもの。でも、もし本当に天国があるのなら、あたし迷わず……そしておとうさんに……。

「ふーん」

望美の右横から、誰かが割り込んで来る。小学校高学年ぐらいの児童だ。

黒いパーカーを羽織ったファンキーファッション。洒落《しゃれ》た様相だ。フードとサングラスを頭に被せ、ヘッドフォンを首にぶら下げている。

──ちょっとボク、横入りはマナー違反よ。

そんな台詞を顔に書きながら、望美は怪訝そうに少年を見た。

微笑む少年。澄んだ蒼色の瞳をしている。まつげが長くて円らな瞳。肌の色も白い。

『『あなたの望みを叶えます』だってさ。胡散臭《うさんくさ》いや」

望美のスマートフォンの画面を覗き込んで来る。身長は一五八センチの望美よりも少し高い。

──ていうかボク、胡散臭いのはどっちよっ!?

スマートフォンを胸元に隠そうとする。

少年は望美の細い指先から、ひょいとそれを奪い摘《つま》み上げた。

「あっ！」

「夜のオシゴト探してるんだ。おねえさんだったらソッコー稼げるよ。ちょい地味子ちゃんだけど顔立ちは整ってるからさ、きっと化粧映えするよ」

少年はニヤニヤしながら勝手にスマートフォンを操作して、彼女に手渡した。

「ていうかさ、どうせならこっちの方が稼げるんじゃない？」

デリバリーヘルス、風俗店の求人サイトだ。望美はかあっと赤面した。

「ふふっ、月収百万円も夢じゃないってさ」

「……ちょっとボク、いいかげんにしなさいよ」

流石《さすが》にキレた。涙目で精一杯睨《にら》み付けながら小声で抗議をする。

「うふふ、それでいいのさ。大人なら自分の意見はちゃんと口に出さなきゃね、お・ね・え・さん」

爽やかに微笑み、招き猫のポーズをする少年。

「ビンボーだったらテキトーに男の人に甘えて、食べさせてもらえばいいのにね。こうやって『ごろにゃーん』ってさ」

——うっ、可愛いじゃない……見た目だけは。

しかしこれ以上、ませた子供のおしゃべりには付き合いたくない。

「あたし、ペットじゃないし」

「まーた強がっちゃって。甘えるのもヘタクソなんだから。そんなんだからカレシもできないんだよ、のぞみちゃん？」

「だから余計なお世話じゃけえ……って、え？」

——待って。この子、あたしが彼氏いないことをどうして知ってるの。ていうか何であたしの名前を?

「ボクは何でもお見通しなのさ。キミの本当の望みってやつもね。なんならさ、もっとも一っと良いお店を紹介しようか」

「けっ、結構です」

「ってウチのお店なんだけどね。スタッフは結構な美形ぞろいだよ。このボクを筆頭に」

——まさか子供が水商売の勧誘!?

「子供のくせに調子に乗って、何を生意気言ってるのよ」

「ていうか結局、新しい世界に飛び込む勇気がないんでしょ?」

絶句する望美。図星なのがチクリと痛い。

「で、望みを叶えたいの? 叶えたくないの? どっち?」

望美の叶えたい望み。借金返済の為に高収入を得たい。でも水商売は自信ない。ただでさえ、男の人が怖いのに。ましてや風俗嬢なんて——。

「それは……」

「まったく、しょうがないなあ。おねえさんって優柔不断っていうか、可愛い顔してほんとめんどくさい子だよね」

——だからぁ、可愛い顔のめんどくさい子はどっちよ!

「じゃあさ、背中を押してあげようか? おねえさんの望み、ボクが叶えてあげるよ」

アナウンスと共に電車がホームへと近づいて来る。

『まもなく二番ホームに倉敷《くらしき》方面行きの列車が参ります。黄色い線の内側までお下がりください』

「そう、ポンってね。行ってみたいんでしょ、まほろばへ」

少年は望美の背中を押した。


「お客さん、終点ですよ」

車掌に肩を叩かれ、望美は眼を覚ました。

頬を摩《さす》る。いつの間に車内で眠ってしまったのだろう。他の乗客は既に下車済みだ。窓の外には白壁の町並みを模した装飾《ペイント》のホーム。どうやら倉敷駅まで乗り過ごしたらしい。

「すみません。すぐ降ります」

ぺこりと会釈をする。それにしても、やたらと顔色の悪い車掌だ。過労だろうかと心配しながら、そのまま慌てて電車のドアを潜《くぐ》り抜けた。

オレンジとモスグリーンのツートンカラーの古びた電車を背に階段を上る。望美は岡山方面の三番ホームへと向かった。

「引き返さんと。でも……」

足が止まる。派遣切りの通達を受けたばかりだし、駅のホームでは妙な出来事もあった。

なんとなく、このままアパートに戻りたい気分ではない。

彼女は岡山市在住で独り暮らし。大人になってからは、隣の倉敷市には立ち寄ったことがなかった。どうせなら、駅周辺を散策してから帰るのも悪くないかなと思い直した。

改札を抜け南口へと出る。辺りは薄暗い。すっかり夕日も沈んでいる。バスターミナル周辺のJR倉敷駅前大通りを、華やかなネオンライトが彩る。

天満屋《てんまや》倉敷店前の歩道橋を渡り、倉敷商店街へと足を進める。

きょろきょろと辺りを見回すと、昔ながらの商店や居酒屋が立ち並ぶ。どことなく昭和の香りが漂う風情だ。

シャッターを閉め始める商店。相反《あい》して居酒屋の看板が灯り始める。香ばしい焼き鳥の匂いが鼻腔をほのかにくすぐる。望美のお腹がぐるると鳴った。

「お腹すいたな。でも節約しなくちゃ。アパートに帰るまで我慢、我慢」

風に震える肩を抱き、望美は薄暗くて長いトンネルのような商店街をとぼとぼと歩いた。

倉敷美観《びかん》地区。

駅から南へ徒歩で十分程の場所にある、市内の有名観光スポットだ。

辺りを見渡す。倉敷川沿いに連なる白壁や格子窓の町並み。枝垂《しだれ》柳の並木道が風情豊かだ。外灯の淡いオレンジの光が夜景を幻想的に包み込む。

「へえ、なんて素敵な町並みなんだろう。あの頃は、そこまで思わなかったのに」

地元の名所なのに、訪れるのは十年ぶりぐらいだろうか。子供の頃以来だ。

河川敷の木製ベンチに腰を掛ける。藍色の空が深い闇にゆっくりと包まれていく。

「きれい。まるで、まほろばの空みたい」

思い出の絵本『しあわせのくに、まほろば』の表紙を思い出す。

『すごくきれいだろ。こんな色の空のことをブルーモーメントと呼ぶんだよ』

優しかった父との思い出。博識で色々なことを教えてくれた。

「おかあさんも、あの頃は優しかったのにな……」

父が死んでから、高校を卒業するまでの毎日。辛く切ない記憶が脳裏を過《よ》ぎる。

「ねえカノジョ、こんなとこでなにしよん？」

背後から声を掛けられ、望美は振り返った。そこにはタチの悪そうなふたり組の男が。

ポマードで固めたリーゼントにスカジャン。年は二十歳前後だが、随分と時代遅れな昭和の不良っぽいファッションをしている。顔色もドス黒くて不健康そうだ。

「いえ、別に」

「おっ、よぉ見たらこの子ぼっけえ可愛ええのお」

「ラッキー、当たりじゃが。のお、ワイらとどっか遊びにいこぉや」

目を逸らす望美。抵抗したいが恐怖で言葉が出ない。その時。

「えっ?」

逆光のヘッドライト。望美は目を細めた。その顔を白い閃光が眩《まばゆ》く照らす。

Ninja400。ライトウェイトでハイパワーなカワサキのスポーツバイクだ。カラーリングはメタリックスパークブラック。アグレッシブな排気音が唸《うな》りを上げる。

ライダーはバイクを停めて歩み寄った。シルエットからすると、女性だ。

「ちょっとアンタら、アタシのツレにナニちょっかい出してんのよ」

黒いフルフェイスのヘルメット越しにハスキーボイスで凄むライダー。全身ブラックのライダースジャケットにレザーパンツ。引き締まった肢体だ。背も高い。一七〇センチぐらいだろうか。モデルのように手足が長くスレンダー。しかも胸は大きい。

「あーん? なんじゃやと、てめ」

くわえ煙草で男が詰め寄る。それを、もうひとりの方が制止する。

「ちょ、ちょい待てよ。まさか、そのバイクって……」

女は徐《おもむろ》にメットを脱いだ。ひとつにくくっていた髪をさらりとほどき、夜風になびかせる。黒髪のストレートヘア。前髪ぱっつんで長さは腰まである。日本人形のようだ。

年齢は三十代半ばぐらいだろうか。かなりの美人だが、鋭い目付きで妙に凄みがある。

「しっ、忍《しのぶ》さん!」

「すっ、すんません。忍さんのツレじゃったなんて、ワイら知らんかったんっす」

忍と呼ばれたバイクの女が、ひらひらと手を振る。

「いいから、とっとと失せなさいよ」

ふたり組は尻尾を巻いて、河川敷の闇の中へと消えて行った。

「ねえ、アンタ大丈夫？」

震えてベンチから動けない望美に、忍はゆっくりと歩み寄る。通りすがりの見知らぬ女性が咄嗟《とっさ》に「アタシのツレ」と嘘をついて助けてくれたのだと、ようやく望美は理解した。

「あ、はい。大丈夫です」

「この辺りは観光地で治安も悪くないけど、それでも夜はああいうタチの悪い連中がウロチョロしていたりもするの。若い女の子がこんな時間にひとり歩きするなら、もう少し気をつけなさいよ」

「すみません……とにかく、助けて頂いてありがとうございました」

会釈をして立ち去ろうとする望美を、忍は引き止めた。

「ちょっと待って。……アンタ、用があってここに来たんでしょ？」

「え、いえ、別にそういうわけでは」

「隠さなくってていいわよ、事情は察してるんだから」

「事情って？」

「まあ、おいで」

夜道の中、忍がバイクを押しながら美観地区の河川敷を歩む。望美は言われるがままに後を追った。

――まるで女忍者《くのいち》みたい。

黒ずくめの忍の姿にそう思いながら歩くこと数分。ふたりは川沿いの店に辿り着いた。

『まほろば堂』

濃い焦げ茶色の木製看板には、白い毛筆書体でそう記されていた。

外観は上部が白壁で、腰壁は黒地に白の格子模様。なまこ壁という特殊な塗り壁だ。もこもことした形が海鼠《なまこ》のように見えるので、そう名付けられている。

どうやら古民家をリノベーションした店のようだ。引き戸は木製の枠にすりガラス。店内の明かりがついているのは確認できる。だが引き戸に掛けられた木製札には『本日閉店』と記されている。

「入って」

「え、でも……」

「いいから、お入り」

躊躇《ちゅうちょ》する望美を店内へ促す忍。凄みがあって逆らえない。

忍が藍染帆布《あいぞめはんぷ》の暖簾《のれん》を掻き分け、引き戸をがらりと開ける。恐々《こわごわ》とした物腰で、望美は背後から店内を覗き込んだ。

仄《ほの》暗い間接照明の落ち着いた雰囲気。店舗としては、そこまで広くはなさそうだ。元は古い蔵なのだろう。大きな梁《はり》が縦横に通った天井が、どこか懐かしい佇まいを醸し出している。

白い漆喰《しっくい》の壁に、随分と年季の入った木製の腰壁や商品棚。観光地によくある土産《みやげ》屋だろうか。壁に掛けられた黒塗りの古時計が、静かに時を刻む。

店舗奥の片隅にはテーブル席。そこには藍染の着物をさらりと着流した男の姿があった。なにやら書類に目を通している。

髪は総白髪だ。その白さには一点の濁りもなく、プラチナブロンドのようにも見える。髪型はストレートで男性にしては長髪。肩先まである。

「おや、忍さん。忘れ物ですか？」

包み込むような優しい響きの声。ここの店主だろうか。

髪の色からして高齢者かと思いきや、どうやらそうではなさそうだ。白い肌と白い髪。藍色の和装に黒い腰帯がアクセントとなっている。

「いいえ。客を連れてきたわよ、真幌《まほろ》」

忍は望美の背中を軽く押した。

「どうせ行き着く先は、ここだろうと思って連れてきたのよ」

真幌と呼ばれた店主が、望美をちらと見る。重なる視線。望美の胸がどきりと高鳴る。

年齢は二十代後半だろうか。会話のやりとりからして、推定三十代の忍より年下っぽい。

店主が腰を上げる。テーブルの書類を整えながら、にこりと会釈をする。

「いらっしゃいませ。こんばんは、ようこそ『まほろば堂』へ」

「え、あ、その……こんばんは」

まほろば。望美が好きだった絵本の表題と同じ店名だ。争いや憎しみや汚れのない幸せの国。緊張しながらも、少し頬を緩ませる。偶然だろうが、懐かしい響きに心が躍る。

「じゃあ真幌、アタシはこれで」

「うん。夜道は危ないから気を付けてね」

「ハッ、誰に向かって言ってんのよ」

確かに夜道で忍にヘタに手を出すと、暴漢の方が逆に震え上がりそうだ。

メタリックブラックのヘルメットを颯爽《さっそう》と肩に担ぎ、彼女は店を後にした。


——なんだか居心地悪いなあ……。

もじもじとしながら、望美が心の中でつぶやく。

初対面の年上男性と薄暗くて狭い店内にふたりきり。しかも相手は色男《イケメン》。これは流石に気まずいと望美の腰が引ける。

白髪の店主が望美に歩み寄り、柔らかい口調で話し掛ける。

「さっきの女性は中邑《なかむら》忍さん。古くからの付き合いで、夜の間だけ時々店を手伝ってもらっているんです」

「そうなんですか」

傍《そば》に寄られると、店主の背の高さが際立つ。推定一七〇センチの忍より一〇センチ以上は高い。

望美は彼の顔を見上げた。長いまつげに包まれた、深い鳶《とび》色の瞳。鼻筋もすっと通っている。

この店主、かなりの美形だ。思わず見惚《みと》れてしまう。

「見ての通り、うちは土産屋なんです。昼間は観光客の方々をお相手に、郷土の民芸品や銘菓の販売を行っているんですよ」

観光地の土産屋が、夜間も営業しているものなのだろうか。望美は疑問に思った。

「にゃあ」

突然、頭上から猫の鳴き声が。

見上げると、大梁の上で小さな黒い影がちろりと動く。黒猫だ。

「あっ、可愛い。おいで、おいで」

声を掛けると黒猫は、ぷいっとそっぽを向いて物陰へと消えた。

「あの子はマホと言って、この店に古くから住み着いている雄猫なんです」

「そうなんですか。マホくん、可愛い猫ちゃんですね」

「いえ、やんちゃの気まぐれで手を焼いています」

「あたしも話し相手にペットを飼いたいんですけど、アパート暮らしで」

黒猫のおかげで少し会話が弾んだ。内心、安堵する望美だった。

「どうぞ、こちらへ」

店舗の奥へと促す店主。片隅に小さなカウンター席と一組だけのテーブル席。カフェスペースだろうか。さっきまで店主が書類を広げていた場所だ。

椅子を引き、店主が望美に手を差し伸べる。

ふと傍のカウンター席を見た。片隅には、鮮やか且《か》つ深みのある藍色硝子《ガラス》の一輪挿しが置かれている。飾られているのはハナミズキ。可憐な白い花だ。

「お花もだけど、すごくきれいな瓶。これって倉敷ガラスですか」

「ええ、そうですよ。よくご存じで」

にこりと頷く店主。倉敷ガラスは地元を代表する民芸品だ。藍色の硝子と白い花とのコントラスト。なんて艶やかで美しいのだろう。白髪に藍色和装の店主の凛とした立ち姿と妙に重なる。

「蒼月《あおつき》真幌と申します。ここの店主をしています」

「じゃあ『まほろば堂』ってお店の名前はそこから」

「ええ。正確には、先代の店主だった祖父が、自分の店の屋号を引用して、初孫に命名したんですけどね」

なるほど、それで若いのに店長さんなんだなと望美は思った。

「素敵な名称ですね。あっ、じゃあ、さっきのマホくんっていうのも」

「そちらも祖父が。まほろば堂のマスコットって意味だと思います。僕と名前が似ていてまぎらわしいんですけどね」

「真幌さんにマホくんですね。あたしは逢沢といいます。逢沢望美で……」

言い終えるか終えないかのうちに、望美のお腹が再びぐるると鳴った。

「や、やだ……」と口ごもりながら、俯き赤面を隠す。商店街で焼き鳥の香ばしい匂いを嗅いでからというもの、密かに空腹が限界に達している。

「ちょっと待っていてくださいね」と席を立つ店主。そのまま奥へと続く暖簾を潜る。

しばらくして店主は、漆塗りのお盆を持って戻って来た。

「外は寒かったでしょう。よかったらどうぞ」

和紙のテーブルクロスを敷き、ナプキンと備前焼《びぜんやき》の皿を差し出す。

「出来合いのものしかお出しできなくて、申し訳ないのですが」

深みのある茶褐色が美しい平皿に乗っているのは、白パンのサンドウィッチ。手掴み用の包み紙は和紙というのが洒落ている。

「お口に合えばいいんですが。冷めないうちに召し上がれ」

「でも……」

望美は節約中の身だ。失業間際なので外食などの無駄な出費は控えたい。

「もちろんサービスですよ。ご遠慮なく」

「あ、ありがとうございます。じゃあせっかくですので、いただきます」

肉とソースの絡み合う甘い香り。やはり空腹には勝てない。望美は会釈をしながらナプキンで手を拭き、ひとくちかじった。

「おいしい。店長さん、このサンドウィッチすごくおいしいですね！」

「白壁《しらかべ》サンドと言って、天然酵母の白パンが倉敷の白壁をイメージしているそうです」

溢れ出す肉汁が口いっぱいに広がる。直後に爽やかなトマトの酸味が弾ける。もうひとくち、更にひとくちとかぶり付くのが止まらない。

「桃太郎トマトに、ビーフのパテは新見《にいみ》産の千屋牛《ちやぎゅう》。すべて地元県内産の食材です」

「へえ。あ、この付け合わせ、シャキシャキしてる。独特の歯ごたえですね」

「黄ニラの酢漬です。黄ニラは全国生産量の七〇パーセントが岡山県産なんです」

頬が落ちそうになるとはこのことだ。しかもほっかほか。秋の夜風で芯まで冷えた体にぬくもりが蘇る。

「あまり知られていませんが、岡山県は肉用牛飼育の盛んな地域なんです。自然が豊かで天候にも恵まれてますからね。そして千屋牛は蔓牛《つるうし》と言われていて、松阪牛などのルーツである『竹の谷蔓《たにつる》』と系統が同じなんですよ」

「蔓牛ってなんですか？」

「蔓牛は血統の良い和牛のことを指します。竹の谷蔓は岡山県の新見市が発祥とされているんですよ。中でも千屋牛は優良和牛の代名詞と言っても過言ではありません」

真幌の饒舌《じょうぜつ》な説明を聞き終えた望美は、くすりと笑った。

「あれ。何かおかしなことを言いましたか……？」

少し頬を赤らめる店主。

「いえ、流石は観光名所のお土産屋さんの店長さんだなと思って。説明がお上手ですね」

「我ながら職業病ですよね。いつも『理屈っぽくて話が長い。そんなんじゃあ女の子にモテないよ』って怒られています」

苦笑する真幌。先ほどの忍にそう言われているのだろうか。

「いえ、あたしはおしゃべりが苦手なんで。素直に凄いと思いました」

「恐縮です。食後のお飲み物は」

「ありがとうございます。じゃあコーヒーで」

「ミルクと砂糖は」

「ミルク多め、砂糖少なめでお願いします」

「承《うけたまわ》りました」

真幌が暖簾の向こうへ消えたのを確認すると、望美は包み紙についたソースをぺろりとなめた。

備前焼のコーヒーカップを両手に真幌が戻ってきた。片方は彼自身のものらしい。

右手のカップを望美の前のペーパークロスの上に置くと、真幌は対面に座った。テーブルの上の雪洞《ぼんぼり》の和風ペンダントライトが、彼の白い顔を柔和な橙色《だいだい》に照らす。

「雪洞もペーパークロスも和紙なんですね」

ちらとクロスを見る望美。裏に書かれた文字らしきものが、うっすらと透けてみえる。美観地区の観光案内文でも綴られているのだろうか。

コーヒーをひとくち啜る。

「おいしい！」

たっぷりミルクの中に仄かな苦味。胸の奥が温まる。

「お仕事帰りのようですけど、ＯＬさんですか」

「いえ、ってまあそうなんですけど。派遣でデータ入力の仕事をしています」

「コンピューターを扱われるんですね。僕はそちら方面に疎いので尊敬します」

「いえ、そんな大した業務はしていないんですよ。ひたすら議事録や手書き伝票をエクセルやワードに打ち込むだけですから。取得にお金の掛かる上級の資格も持っていませんし。それに今月で契約打ち切りなんです。実は派遣切りに遭ってしまって」

「そうなんですか。契約打ち切り、それは大変ですね」

「次のお仕事を探しているんですけど。条件の合うものが見つからなくって」

こんなに人とおしゃべりをするのは本当に久しぶりだ。話の内容はともかくとしても。

古時計がぼおんと鳴る。静かな音楽、仄かな照明、緩やかに流れる時間が心地よい。

癒しのひとときに身を委ねながら、気が付けば望美はぽつりぽつりと、店主に身の上を語り始めていた。

◇

翌日。少し肌寒い正午過ぎ、望美は駅前ビジネス街の中層ビルの屋上で、いつものように昼食を取っていた。

一人用の腰掛シートの上、目立たぬよう日当たりの悪い片隅で。ぼっち飯だ。コンクリートの冷気が足元やお尻から伝わる。

望美は昨夜の出来事と、自分の語った身の上話をぼんやりと思い返していた。

元々は父親と母親の三人暮らしだったこと。小学校六年生の時に優しかった父が他界したこと。高校生の時に母親が新しい父親となる人を連れてきたこと。高校を卒業してからは、家を出てアパートでひとり住まいをしていること。

最初の就職先で上司の陰湿なセクハラ被害に合い、僅《わず》か三ヶ月で辞めたこと。それ以来、ひとつの所で長く続かず、職場を転々としていること。

そんな内容を、望美は訥々《とつとつ》と語った。引っ込み思案な性格なのに、初対面の相手に身の上を吐露してしまったことに自分でも驚いた。

店主の真幌は、望美の話にじっと耳を傾けてくれた。ほとんど意見は挟まずに、優しく包み込むような声で「うん、うん」と相槌《あいづち》を打ちながら。

この店主。蘊蓄《うんちく》を語る時は饒舌だが、受け手に回るとやたら聞き上手のようだ。そんなギャップや物腰の柔らかい人柄が、亡くなった実の父の面影と重なってしまう望美だった。

母の新しい恋人とは上手くいかなかった。毎日がぎくしゃくしていた。しかし、その具体的な内容までは、初対面の彼には流石に語らなかった。

高校卒業と同時に、逃げ出すように家を出た。以来、実家には一度も足を踏み入れていない。

望美は重いため息と共に弁当箱を閉じた。

午後六時過ぎ。望美は事務所スペースに戻った。期間満了目前のせいか、今週はずっとひとりで倉庫の整理をさせられている。

「お先に失礼します……」

誰も返事をしてくれない。朝もそう。女性社員から距離を置かれている望美にとっては、いつもの事だ。思えばここ数日は誰とも会話をしていない。

タイムカードの順番待ち。望美は最後尾だ。他の事務服を着た女性社員たちに、どんどん横入りをされてしまう。

彼女たちの会話が耳に入る。

「ねえ、今夜はどこに飲みに行く？」

「明日は休みじゃし、パーッと羽を広げようよ」

——あれ、今日って金曜日だっけ？　確か昨日は水曜日だったはずだけど。

同じことの繰り返しの単調な毎日。だから曜日の感覚が麻痺しているのだろうかと望美は思った。何にせよ今日は木曜と思い込んでいたので、少し得をした気分だ。

エレベーターを降りて足早に出口へと向かう。頬を緩ませながら彼女は呟いた。

「明日はせっかくのお休みだし、また行ってみようかな」

◇

翌日の午前中。JR倉敷駅の改札を出た望美は、商店街を通り抜け美観地区へと向かう。肌寒いが晴天だ。空を見上げると、うろこ雲が風になびいている。

服装はお気に入りの白い花柄ワンピースにピンクのカーディガン。晩秋にしては薄手だが、お出かけ用で華やかなのはこれしか持っていない。

反面、首から上は重装備。心なしか、いつもよりしっかりしたメイクだ。鏡の中の顔色がすぐれなかったせいもあるが、気合が入りすぎかもしれない。ここまでの足取りが軽かったのは気のせいだろうか。


美観地区の河川敷沿いを歩く。歴史情緒あふれる町並みだ。晩秋の低い日差しと倉敷川のせせらぎが一際眩《まぶ》しい。休日だからか、大勢の観光客で賑わっている。

望美は、まほろば堂の手前まで辿り着いた。木製の枠にすりガラスの引き戸は、夜とは違い開放されている。

遠目にそっと店の様子を窺《うかが》う。店頭では白髪の店主が藍染着流し姿で接客している。

「いた、店長さんだ」

客はOL風の女性ふたり連れ。真幌は民芸品である倉敷ガラスの小鉢を手に、商品の解説をしている様子だ。

「倉敷ガラスというのは、創始者である小谷眞三《こだにしんぞう》氏と、長男の栄次《えいじ》氏の親子二人の手によって作られる、吹きガラス製品を指すんです」

「へえ、それにしても綺麗な青色ね」

「眺めているだけでも素敵でしょう？　この独特の色合いは倉敷ガラスの大きな特徴なんです。小谷ブルーとも呼ばれているんですよ」

どこか温もりすら感じられる柔らかいフォルムの小鉢を、真幌がそっと陽の光にかざす。

「倉敷市は民藝《みんげい》の町として知られていて、世界各地から集めた民藝品を展示する文化施設が沢山ありますよ。後ほど倉敷民藝館など訪れてみてはいかがですか？」

「ねえねえ、行ってみましょうよ」「うん、そうね！」

「ちなみに民藝とは、明治生まれの思想家であり美学者の、柳宗悦《やなぎむねよし》氏が掲げた理念のことを指しまして――」

――確かに、ちょっと話が長くて理屈っぽいかも。

遠目でこっそり見ている望美は、くすりと笑った。観光名所の土産屋店主が、郷土文化を熱弁する。しかしOL風の二人組は肝心の内容にはうわの空。さっきから店主の顔ばかりを凝視している。きっと目の形はハートマークなのだろう。

客が立ち去った直後、店主はちらと望美の方を見た。

——あ、ようやく気が付いてくれた。

腕組みをしながら、ゆっくりと望美に歩み寄る。

「こんにちは店長さん。また来ちゃいました」

長身の店主は軽く腰を屈《かが》め、彼女にそっと耳打ちをした。

「望美さん、昼間はいけませんよ」

「え、なんでですか」

「だって、望美さんは夜のお客様ですから」


望美は、夜になるまで倉敷市立中央図書館で時間を潰そうとした。元々読書好きだし、ここなら無駄な出費が抑えられるからだ。

——夜のお客様って……どういう意味だろう？

以前から読みたかったミステリー小説を手にしたものの、先程の店主の言葉が気になり内容が頭に入ってこない。あきらめて本を元の棚に戻すと、望美は日が暮れるまで、美観地区周辺を歩いてみることにした。

背を丸め肩を抱く。薄手のワンピースとカーディガンの中を冷たい風が通り抜ける。

「こんなことなら、厚着してくればよかった」

茜色に染まっていた白壁の建物も、ぼんやりと幻想的な蒼色へと移ろい行く。

見上げると空は藍色へと変わりつつある。父親との思い出の絵本『しあわせのくに、まほろば』の表紙のようだ。父はそれをブルーモーメントと呼ぶのだと教えてくれた。

望美はふと、父の言葉の続きを思い出した。

『この時間ってね「逢魔《おうま》が時」と呼ばれたりもするんだよ』

昼が夜に変わる瞬間は、悪魔が現れる。または不幸が訪れるとの言い伝えから、そう呼ばれたりもするのだと。

ふと見上げれば、上弦の蒼い月が藍色の空に浮かんでいた。


午後七時過ぎ。望美は再び、まほろば堂に辿り着いた。

本日閉店。引き戸に掛けられた札には、やはりそう記されている。昼間の営業は終了。では一体、夜は何の営みをしているのだろうか。

店頭の藍染暖簾が夜風に揺らめく。まるで逢魔が時の空の色の移り変わりのように。

望美は恐る恐る扉を開いた。

「いらっしゃいませ、お待ちしておりました」

店主の真幌が出迎える。倉敷帆布の着流し姿。胸元には黒猫のマホを抱いている。

長い尻尾が真幌の端整な鼻先で、にゅるりと蠢《うごめ》いた。

「にゃあお」

古時計がぼおんぼおんと鐘を鳴らす。

時刻は午後九時だ。まほろば堂を望美が訪れて二時間ばかりになる。店舗奥の一組しかないテーブル席。対面には、雪洞の和風ペンダントライトを挟んで真幌が座っている。

望美は真幌が入れたミルクたっぷりのコーヒーを啜った。

「このコーヒー、本当においしいですね。豆は何を使っているんですか？」

「そう仰《おっしゃ》って頂けて嬉しいです。前回同様、マンデリンを使用しています」

「おいしい。コクが深くてほろ苦さとのバランスが絶妙ですね。それに香りも豊かだし」

「酸味が控えめなので飲みやすいでしょう？　だからミルクと相性が良くって、カフェオレにも向いているんですよ」

——ミルク多めって言ったから、この豆をチョイスしてくれているんだ。

機転の利いた店主のおもてなし。心身共に温まる望美だった。

「こちらも召し上がれ」

頃合を見て、店主が備前焼の器をすっと差し出す。

「あっ、陸乃宝珠《りくのほうじゅ》。これ大好きなんです！」

地元の高級銘菓だ。望美の声が、おもわず上ずる。

「これって、マスカットの実が丸ごとひとつぶ入っているんですよね？　あざやかな色合いが素敵。まるで翡翠《ひすい》みたい」

気品溢れる風味と上品な甘さが口に広がる。望美は頬に両掌を当てた。

「甘ーい、おいしーい！」

「マスカット・オブ・アレキサンドリアです。エジプト発祥で、クレオパトラが愛したことにちなみ果実の女王と呼ばれているんですよ。九割が岡山で生産されています」

「へえ、なるほど。そうなんですね」

――あれ？

ふと望美は疑問に思った。確か陸乃宝珠は、五月から九月半ばに掛けての期間限定商品。どうしてこの晩秋の時期に食べられるのだろうかと。

――そういえば……あれも。

倉敷ガラスに生けられた花をちらと見る。ハナミズキは春の花のはずなのに、どうして咲いているのだろう。

――何か特殊な保存法でもあるのかしら。

ミルクたっぷり甘さ控えめのコーヒー。そして地元名産の和菓子で優しくもてなされ、ほっこりとする。

夢のようなひと時だ。癒しの時間。日頃の喧騒を忘れさせてくれる。

今日も店主と沢山のおしゃべりをした。もうずっと長いこと、望美はこういった人との会話やささやかなふれあいに飢えていた。だから、それがなによりも彼女の心を和ませたのだ。しかし。

——そもそも、どうして店長さんはこんなにも親切に、もてなしてくれるんだろう。

望美は午前中の真幌の言葉を思い浮かべた。ずっと気になっていた、あの台詞を。

『望美さんは、夜のお客様ですから』

——もしかして、あの少しキザな台詞は、口説き文句？

対面に座る真幌の端整な顔を、望美はちらと見た。白い髪と肌。すらりと通った鼻筋。憂いを帯びた、まつげの長い優しい瞳。

——やだ、あたしったら。なにを自惚《うぬぼ》れているのよ。

望美はすぐに目を逸らした。思わず赤面する。

人当たりが良く、性格も穏やかで優しい。自分だけではなく、きっと誰にでも優しいのだろう。だけど、どこかミステリアスで掴みどころがなくて。そんな謎めいたところに惹きつけられてしまう。

店主は自らを「来年で三十になります」と語っていた。聞かれていないから言わないだけで、きっと恋人だっているはずだ。年齢や容姿的にも、そう考える方が妥当だ。

黒ずくめ女ライダー忍の颯爽とした姿が脳裏を掠める。彼女が店主の恋人なのだろうか。

「望美さん、顔が赤いですよ。暖房が効きすぎですかね？」

「あ、いえ大丈夫です」

首を振りながらも望美の中では、もやもやとした暗雲が立ち込めていた。

――ていうか、そもそも話ができすぎかも。

イケメンに甘い言葉でもてなされて、甘いお菓子やコーヒーで魅了されてきたけれど。冷静に考えてみればこの展開は怪しさ一二〇パーセントだ。先ほど図書館で手にしたミステリー小説の影響だろうか。様々な疑念が望美の脳裏を支配する。

もしかしてイケメン店主の正体は。

――まさか、詐欺師？

観光地の土産屋であるように見せかけて、実はこの店は悪徳商法を手掛ける怪しい組織なのかもしれない。悩みを抱える人を言葉巧みに誘導し、幸福の水や壺などを不当な金額で売り付けているのかも。

あるいは宗教勧誘や人身売買の可能性もある。金銭的に困っている女性を町で見つけては、甘い言葉や態度で誘惑。心身ともに弄《もてあそ》び、骨抜きにした挙句、宗教団体や風俗店などに人材《カモ》を横流しししているとか……。

「望美さん、大丈夫ですか」

真幌が心配そうに望美の顔を覗き込む。

「さっきから、ぼーっとして視線も虚《うつ》ろですよ。お加減でも悪いのですか」

「あ、いえ、ごめんなさい。ちょっと考え事をしていたもので。だ、大丈夫です」

——考えすぎよね。だって店長さん、こんなにも優しくて良い人なんだし。悪い人には絶対見えないし。

望美の不安を察したのだろうか。真幌は表情を和らげながら、ぽつりぽつりと身の上を語り始めた。

「僕は早くに両親を亡くしまして。幼い頃から、この店の創業者である祖父に育てられました。この店舗、奥が住居になっているんですよ」

「そうなんですか」

「厳格でしたが孫思いのとても良い祖父でした。その祖父も僕が十八歳の時に他界しまして。その後、色々あって。今はひとり、ここで生活をしています」

もしそれが本当だとしたら、自分の境遇と少し似ているかもしれないと望美は思う。

——でも、恋人も友人もいないあたしとはやっぱり違うよね。あの忍さんって人が彼女かもしれないし。

それでも「今はひとり」という言葉が、少し気にかかってしまう望美だった。

「それでおじいさまの後を継いでお店を」

「ええ。それに、もうひとつの夜の商売の方も」

「夜の商売？」

望美の背中にぞわりと悪寒が走る。「詐欺師」という言葉が、再び頭をよぎった。

「ええ、因果な夜の稼業です。——望美さん」

びくりとする望美。「はっ、はい」と声が上ずる。

「随分と前置きが長くなりましたが、望美さんも残された時間が惜しいことでしょうし。そろそろ本題に移りましょうか」

——残された時間って……残された時間ってどういうこと？　まさかあたし、本当にこれから殺されちゃうとか!?

怯えて椅子から腰を浮かしかけた望美に、真幌はにっこりと笑って語り掛けた。

「望美さん、あなたの夢は？」

「夢……ですか？」

予想外の言葉に、望美は思わず聞き返した。

「はい、夢。あなたの叶えたい望みです」

ホームで見た求人サイトの見出し文句が、望美の脳裏を掠《かす》める。

【『あなたの望みを叶えます〜フロアレディ募集中〜』】

例のキャバクラの謳い文句だ。

——違う、そうじゃない。

自分の叶えたい望みは、ちゃんと他にある。

望美は、ゆっくりと口を開いた。

「居場所が欲しいです。暖かい家族と暮らす自分の居場所。将来は、平凡でいいから結婚して家庭を築きたいです」

――なんかお見合いみたい。って、なにをのん気に構えてるのよ。相手は詐欺師かもしれないのに。

内心、自嘲しながら望美は言葉を続けた。

「でも、当面の夢というか望みは、お仕事が欲しいです。それも高収入の」

「なるほど、高収入のお仕事ですか」

「ええ。実は……店長さんには今まで黙っていましたけど。あたし借金があるんです。だから貧乏なので高価なものなんて買えませんよ。押し売りでしたら他を当たってください。そう言葉を続け、望美は予防線を張るつもりだった。

「存じ上げております。借金を抱えておられるのですよね」

――え、なんで借金のことを知ってるの。あたし、うっかり喋っちゃったかしら。

「平凡で幸せな家庭を築くこと。あるいは借金返済ですね。むろん、どちらを選ばれても問題ございません。ですが、念のため申し上げますと、こういう望みでも叶えられますよ。たとえば国の経済を動かすほどの巨万の富を得たいとか。世界中の人間がひれ伏す絶対的な美貌が欲しいとか」

──な、なによそれ。

「あるいは、誰かに復讐したいとか」

顔が強張る望美。唐突にそう尋ねられ一瞬、あの顔を思い描いてしまう。

──だめ、そんなこと……人として考えちゃいけない。だめ……。

それを脳裏からかき消そうと、望美は首を振った。

「お客様に『夢は？』とお尋ねすると、最初の段階ではそういった大きな欲望を満たしたいと仰る方が多いのですが。望美さんの場合、随分と謙虚でいらっしゃるもので」

「は、はあ」

「その気になれば世界征服だって可能なんですよ」

「そ、そんな大それたことは別に……」

「だって夢ですから。妄想するのは個人の自由じゃないですか」

「確かに、そうですけど」

──残念だけど、この店長さんはやっぱり怪しい。でも……。

話の具体的な内容が、未だ見えてこない。

「いかが致しましょう。もう少し熟考されてから、お決めになりますか？」

困惑する望美。備前焼のカップと皿の置かれた和紙のペーパークロスに手を置いた。そんな望美の小さな手の甲を、真幌はそっと自らの掌で包み込む。

ひんやり冷たい真幌の掌。望美はおもわず真幌の顔を見た。胸がどきりと高鳴る。真幌の鳶色の瞳に自分が映る。神秘的な眼差しに吸い込まれそうになる。包み込むような魅惑のボイスで真幌が囁《ささや》く。

「それとも当初の願いに帰結しますか。幸せな結婚生活、でしたよね」

——まさか本当に、これまでの意味不明な話は『だから僕が君を幸せにするよ』って回りくどい口説き文句？　店長さんって案外チャラ男？　ていうか、結婚詐欺師？

「このような不測の事態に陥ってしまって、精神的に不安定になられるのは当然です。胸中お察し致します。ですがあなたの望みは必ず叶えます。だからご安心くださいね」

「はあ……」

「無理に即答しなくても大丈夫ですよ。時間はもうしばらくありますので」

「もう少しって？」

「そうですね、およそ一ヶ月」

「は？」

「つきましては、取り急ぎご署名を先に頂きたく存じます」

彼は自分の掌で包み込んだ望美の手を、そっと彼女の胸元へ押し返した。次にカップと皿を脇に寄せる。

どうやら真幌が望美の手に触れたのは、その手を退《ど》けて欲しかったからのようだ。残されたテーブル上の和紙のクロス。それを真幌は徐に裏返した。

「ええっ！」

そこには黒い文字で『契約書』と記されていた。

「なっ！」

和紙のペーパークロス。その裏は怪しげな契約書だった。最下部には署名欄。その上には、ぎっしりと黒い文字が書き連ねられている。

――観光案内文じゃなかったんだ。なによ契約書って。じょ、冗談じゃないわよ。

真幌が袖から万年筆を取り出した。重厚に黒光りするそれを、彼は契約書の脇に添えた。

「では、ご署名を」

望美は、勢いよく席を立った。危険だ。危険すぎる。何の契約書かはよく分からないが、このままでは悪い男に騙《だま》されて身ぐるみ剥がされてしまう。

「ちょ、ちょっと待ってください。あたし超貧乏なんで。お金ないんで。だから幸福の水も壺もお札もネックレスも買えませんよ」

「存じ上げております。金銭の類《たぐい》は一切頂きませんので、ご心配なく」

「怪しげな宗教に入れとか、えっちなお店で働けとかそういうのも無理ですから」

「もちろん、そんな無体なことは誰も望んでおりません」

「でしたら店長さんは、あたしに一体なにを契約しろって仰るんですか」

「契約されないと、大変な損失になってしまいますよ」

「とは？」

「なぜなら、望美さんの場合は既に確定しているからです。この状況は、ご自分でもご承知のはずですよね」

――だから、だからぁ。主語は？　何が大損するの？　この状況って何？　何がご承知のはずなの？　意味不明にも程があるんですけどっ！

「ともあれ、望美さんに残された時間は約一ヶ月。正確な日時は、二十八日後の午後十時三十七分五十八秒となっております。ですので、それまでに望美さんのご意向をお伝えくださいませ」

「だから一体、何が確定しているんですか。正確な日時って」

掴めない表情で、真幌は静かに返答した。

「余命一ヶ月。望美さんの死亡が確定する日時です」

――…………え？

一瞬、望美の頭が真っ白になる。

――……え？　え？　え？

あまりに唐突な店主の言葉に、理解が追い付かない。

――……え、死亡って……どうして、あたしが？

「……えええっ！」

望美は我に返り、テーブルをバンと激しく叩いた。

「どうしてあたしが一ヶ月後に死亡するんですか。あたしどこか悪い病気なんですか？」

「望美さん、落ち着いて」

唐突に余命一ヶ月と宣告されて、これが落ち着いていられるわけがない。

「ていうか店長さんはお医者さんなんですか。どうしてそんなことが分かるんですか？」

「いえ、望美さんは悪いご病気ではありませんし、自分も医師ではありません。ただの土産屋の店主です」

「じゃあ、余命一ヶ月ってどういうこと？」

「それは、いわゆる神の定めた運命によって、確定されつつある事実なのです」

神の定めし運命。インチキ占い師や怪しげな教祖といったペテン師の常套句《じょうとうく》だ。

望美は遂に激昂した。

「もうっ、いいかげんにしてください。ひどい、もう許せない。やっぱり店長さんって、詐欺師か何かだったんですね」

「僕が、詐欺師ですか？」

「だって……じゃってそうじゃない。そんな根拠のないデタラメの予言で脅して災厄から逃れるには幸福の水だの壺だのネックレスだの掛け軸などを買えだの言って闇金の法外な高額ローンを組ませて返済無理って泣き付いたらグヘヘ体で払ってもらおうかって脅して抵抗するとうるせえアマってほっぺビシバシしてあたしを傷物にしてえっちなお店に売り飛ばしてボロ雑巾のようになるまで不眠不休で働かせた挙句にクスリ漬けにして骨の髄までしゃぶりつくして最後は闇医者の手で体中をバラバラにして臓器を闇ルートで海外に売り飛ばして残りカスをドラム缶に入れてコンクリート詰めにして瀬戸内海の底へ沈めようって魂胆なんじゃろぉ？」

堰《せき》を切ったようにまくし立てる望美。ぜいぜいと息を切らす。取り乱したせいか、敬語を使うのを忘れて方言丸出しだ。

自分は馬鹿だ、本当に大馬鹿者だ。甘いお菓子やおいしい食べ物で誘惑されて、身の上話を親身になって聞いてもらって。すっかり気を許して騙されるところだった。

「あたし、信じてたのに。出会ってまだ間もないけれど、店長さんのこと本当に親切で優しくて素敵な人じゃなあって。信頼し始めとったのに。じゃのに……」

望美の瞳から感情の雫が溢れ出す。声を押し殺し、彼女は泣きじゃくった。

「……あの、望美さん。もしかしてなんですけど。まさか気が付いていらっしゃらないんですか？」

望美は涙を腕でぬぐい「え、何がですか」と、ぐしゃぐしゃの顔で答えた。今朝、気合を入れて施したメイクが台無しだ。

「ですから望美さんの現状。つまり、あなたが今置かれている状況にです」

「だから目の前の詐欺師さんに騙されて脅迫されようとしているのが、あたしの現状なんじゃないんですか？」

「僕が望美さんを脅迫？」と、心外そうな表情を浮かべる真幌。言葉を続ける。

「もしかして、うちのスタッフから事情を聞いていらっしゃらないのですか」

「じゃけえ、なにをですか」

「ですから、望美さんがこの店に夜のお客様として招かれた理由について、うちのスタッフから事前に説明を受けていないのですか」

「忍さんからは、まったく何も聞いていないですけど」

真幌は「はあーっ」と深いため息をついた。額に手をやり、首を傾げる。

「そうか、さっきからどうも話が噛み合わないと思ったら。なるほど、そういうことですか……まったく、一番肝心なことを、当のお客様ご本人に伝えていないとは。ほんと、あいつったら何時も気まぐれで……」

気まぐれなスタッフ。それは忍のことだろうかと望美は思う。

「にゃあお」

真幌の側面から、ふいに鳴き声が聞こえた。黒猫のマホだ。

「ふしゃあああ」

のん気な声であくびをするマホ。カウンター席に飾られた白いハナミズキを生けた倉敷ガラス、その花瓶の横で丸まって寝そべっている。

「なるほど。望美さんご自身は一番肝心なことを認識していない。それなら自分が今、置かれている状況を理解できなくて当然だ。だからまほろば堂に連れてこられた理由も、ましてやこの店の秘めたる夜の業務内容も分からない。結果、困惑して取り乱し、疑心暗鬼になっている」

回りくどくて理屈っぽい独り言。しびれを切らした望美は真幌を問い詰めた。

「だから一番肝心なことって、あたしが今、置かれている状況って一体なんなんですか」

「望美さん。どうやら本当に気が付いていらっしゃらないようですね。今、ここにいるあなたは、冥界と現世の狭間で揺らめく魂だけの存在。生死の境を彷徨《さまよ》う——」

真幌は悲哀を込めた表情で言った。

「生霊であるということに」

一瞬、時が止まる。再び望美の頭が真っ白になる。

——……え……え……え……えーっ！　あ、あ、あたしが生霊ですって？

「てってってっ店長さんっ、冗談にも程がありますよ！」

「いえ、冗談などではありません。その証拠に望美さん。ここ数日間でどなたかと会話をしましたか」

「えっと。駅のホームにいた蒼い瞳の少年、黒ずくめ女ライダー忍さん、そして目の前の藍染着流し店長さん」

「他には」

「えーっと……倉敷駅の車掌さんと、あたしをナンパしてきた不良のふたり組」

「それって、すべてこの店……というか、ここ美観地区の周辺でですよね」

「ええ、ホームの少年以外は。彼と会ったのは岡山駅でしたから」

「車掌さんと不良たち。彼らってやたらと顔色が悪くなかったですか」

――言われてみれば……確かに。

「実は彼らは幽霊なんです」

「ええっ、まじですか」

「はい、まじです。彼らは、この倉敷周辺に住み着いている地縛霊と浮遊霊です」

「そ、そんな馬鹿なことが。信じられない……」

「本当なんです。ちなみに不良のふたりは、四十年ほど前からずっとこの辺りをうろついているツッパリです」

「はあ……」

「この辺りは観光地で治安もよいのですが、夜は案外タチの悪い幽霊《れんちゅう》も多いんですよ」

どこかで聞いたような台詞だ。

「あと女性の方に対して申し上げ難《にく》いのですが。望美さんご自身も、随分と顔色がすぐれないのはお気付きですか」

「ええ、まあ。一応、鏡は毎日見ていますし」

望美は恐る恐る聞いた。

「ようするに店長さんは、こう仰りたいんですよね。地縛霊に浮遊霊に生霊。みんな霊だから、顔色が死人のようにすぐれない」

真幌がこくりと頷き、続きを説明する。

「ここ数日で望美さんと接触し、会話をしたのは霊ばかり。逆に言えば、普通の人間には望美さんの姿は目に映っていないし、声も耳には届いていないのです。その証拠に、実際ここ数日は職場の方やご近所さんと、まったく会話をしていないはずですよね」

――ギクリ！

「その事実こそが、今ここにいる望美さんが現在、魂だけの存在であるという決定的な証拠なんです」

言われれば確かに思い当たる節が多々ある。

――あれは無視されていたんじゃなくて、実際にあたしの姿が見えていなかったのか。

「最近、足取りが軽くなかったですか。それも今の望美さんが、魂だけの存在である証拠なんですよ」

「霊だから、足が地に着いていないってことですか」

「ご明察です」

――あたしてっきり、イケメン店長さんとの出会いに浮かれちゃっていただけと思っていたんだけど……。

「望美さん。試しに週明けにでも顔見知りの方々に、こちらから愛想よく積極的に話し掛けてみては如何《いかが》でしょう。それで冷たく無視されれば、自ずと事実を立証できますよ」

――あたし、いつもぼっちで。職場でも、ご近所でも、誰とも会話しないから。自分の姿が誰の目にも映っていないって、全然気付かなかったんだ。それって我ながら、めちゃ恥ずかしい話だよね……。

望美は「はあーっ」と、お腹の底から深いため息をついた。

「あの、店長さん。今までのお話、あまりにも突拍子なさ過ぎて、とても信じ難いんですけど。仮に百歩譲って、今のあたしが生霊……つまり魂だけの存在なのだとしたら、あたしの肉体は別の場所で存在しているってこと？」

「はい」

「ようするに幽体離脱をしているってことになるんですか」

「ええ。ですが、たしかに霊ではあるのですけれど、普通の人間と同じく食事などはできますし」

真幌はテーブルの脇に寄せた皿にちらりと目をやる。

「逆に、壁をすり抜けたり瞬間移動したりはできない。望美さんもここに来るのに、普通に電車をお使いになりましたよね」

確かに、いつものように定期を使って電車に乗ってきた。乗り越し料金も精算して。でもその姿は殆《ほとん》どの人には見えていなかった、ということなのだろうか。

「……なるほど。自分が霊魂だって自覚のない状態ってことなんですね。確か昔、そんな内容の外国映画を見たような」

「その通りです」

「で、その抜け殻になっている実体が余命一ヶ月ってわけなんですね」

「はい」

「それって一体、いつから。あたしっていつから霊魂なんですか」

「望美さん、記憶にタイムラグがあったりしませんか。最近の記憶が丸一日程抜け落ちていたりとか」

「確かに……」

「そこで離脱が起こったんです」

ということは水曜日。駅のホームで少年と出会い、忍に連れられてまほろば堂を初めて訪れた日だ。

「そこであたしに一体、何があったんですか。あたしの体は今どこにあるんですか」

「それは……」と言葉を濁す店主。

「意地悪しないで教えてくださいよ。それに店長さんの正体は何者なんですか。まほろば堂の夜のお仕事って、因果な夜の稼業って一体なんなんですか」

とにかく分からない事だらけだ。望美は畳み掛けるように真幌を質問攻めにした。

「生霊であるはずのあたしの姿が見えて、こうやって会話をしているってことは、忍さんや店長さんも幽霊とか生霊？　なんですよね」

「違います。僕は幽霊でも生霊でもありません。正真正銘、生身の人間です」

「じゃあ、どうして生霊のあたしが見えるんですか。どうして会話ができるんですか」

「それは、つまり――ウッ……」

真幌は急に顔をしかめた。体をかがめる。その拍子に襟元が少し乱れた。

そこから覗く白い胸を苦しそうに押さえる。

「店長さん、一体どうしたんですか……大丈夫ですか」

顔を見れば、額も汗でびっしょりと濡れている。

そのまま真幌はパタリとテーブルに顔を伏せた。どうやら気絶したようだ。

「店長さん！」

望美は慌てて立ち上がり、真幌の肩を揺すった。

「どうしよう……」

救急車を呼ばなくちゃ、とカバンからスマートフォンを引っ張り出そうとした瞬間、背後のカウンターの上に寝そべっていた黒猫のマホが、大きくひと声鳴いた。

「にゃおううう」

その声に反応したかのように、真幌が体を一度ぴくりと震わせる。

「あ、動いた。店長さん、大丈夫ですか？」

こういう時、どうすればよいのだろう。揺すったり起こしたりなど、あまり刺激を与えない方がよいものだろうか。

望美はそっと背中をさすろうと、真幌の背中に手を添えようとした。その時。

真幌はテーブルに伏せていた顔を、ゆっくりと上げた。

「――ふふっ」

何故か、まるで悪魔のように不敵な笑みを浮かべながら。

「て、店長……さん？」

望美は恐々と真幌の顔を覗き込んだ。すると彼女は真幌の瞳の色の変化に気付いた。

印象的な鳶色の瞳が、いつの間にか透き通った蒼色になっている。

――伏せている間にカラコンでも入れた……なんてそんな馬鹿なことはないわよね、あれだけ苦しそうだったのに。じゃあ、この目の色の変化は一体……。

「まったくしょうがないなあ。まだまだ青いよね、ウチの若いスタッフくんも」

投げやりな口調。いつもの温和な彼らしくない。まるで別人だ。優しげな笑顔も影を潜め、意地悪そうな表情だ。

若いスタッフ。忍のことだろうか。どう考えても彼女は真幌より年上に見えるが。

「謎解きの続きは、ボクが答えてあげるよ。真幌のもったいぶった説明じゃあ、どうも回りくどくて伝わらないみたいだからね」

「ちょっと、どうしちゃったんですか店長さん」

「だからボク、いっつも真幌に説教してるんだけどね。『理屈っぽくて話が長い。そんなんじゃあ、いくら顔が良くても女の子にモテないよ』ってね」

首を傾げて頭上に疑問符を浮かべる望美。

「ねえ、まだ分かんないかな。これまで随分と分かりやすいヒントを出したつもりだったけどさ」

「なんなんですか、どういうことなんですか」

店主はニヤリと笑みを浮かべ言った。

「ふふっ、これでもまーだ分かんないかな、の・ぞ・みちゃん？」

ヒュッと小さく口笛を鳴らす店主。と同時に真幌の蒼色に変化した瞳がキラリと光る。

刹那《せつな》、彼の体が突然ぼわっと蒼白い閃光に包まれた。

眩しくて凝視できない。望美は掌で顔を覆い隠し目を細めた。指の微《かす》かな隙間から、蒼白い閃光の煌《きらめ》きを覗き見る。全身を光に包まれた真幌の体が見る見る小さくなって行く。

「えええええっ」

十数秒後、ようやく閃光が収まった。望美は掌を顔から離し、彼を凝視した。相対的にぶかぶかサイズになった藍染の着物から、まだ幼い少年がひょっこり顔を出している。

それはまさに小学校高学年ぐらいの児童の姿であった。黒髪で、端整な顔立ちの美少年。

しかしその面影にはたしかに真幌に通じるものがあった。

「あーっ。きっ、君は！」

「そう。ボクだよ、お・ね・えさん？」

そこにいたのは駅のホームで出会った蒼い瞳の少年だった。


「ええええっ！　なっなっなっなんできっきっきっきみが？」

まほろば堂店主の蒼月真幌が縮んで、駅のホームの蒼い瞳の少年に化けた。

驚愕の事実を目の当たりにして、望美の脳内がパニック状態になる。

――てってってっ店長さんって、霊じゃなくって化け物？　さっきは『僕は正真正銘、生身の人間です』って言ってたくせに！

「ちぇっ、ひどいなあ。なんだよ化け物って」

「え。あたし今、口に出してしゃべってた？」

「心の中を読んだのさ。だから前にも言ったでしょ。ボクは、のぞみちゃんの考えることは、すべてお見通しなのさ」

鼻をふんと鳴らす少年。でんと自慢げに胸を張る。

「なんてったってボクは神だからね」

「か、神ですって」

「そう、神さま仏さまイケメン店主さまだよ」

慇懃《いんぎん》無礼な態度で少年が答える。声変わり前のボイスとのミスマッチが可愛らしい。

「神さまってどういうこと。ていうか店長さんと君が同一人物って」

「まあ、とりあえず細かいことはいいじゃん」

「って全然細かいことじゃないんですけど」

「さてと、何から説明しようか」

ぶかぶかの藍染着流しの袖から両掌を出し天に向ける少年。

——くっ、可愛い……って、あたしったら、今はそれどころじゃないでしょ。

「まず第一の謎、『店主の正体』。これは見ての通りの、神さま仏さま色男さまのボク。だから省略するね」

「そこ、全然省略するところじゃないと思うんじゃけど」

優しい店主の真幌と生意気な少年は、どうやら同一人物のようである。

なのに何故、彼は『ボク』『真幌』と呼び方を使い分けているのだろうか。謎は余計に深まるばかりだ。

「ねえ、ジキル博士とハイド氏のような二重人格者とか？」

望美の疑問をシレっと右から左に受け流し、少年は説明を続けた。

「第二の謎、まほろば堂の『夜のお仕事』について。っとその前に」

テーブルの上の和紙に書かれた契約書。それをかさりと掴む。

「『契約書』について説明しとくよ」

少年は書類を望美の鼻先にひらひらと突きつけた。

「この契約書にサインするとね。夢がなんでも叶うんだよ。ひとつだけね」

「夢が、ひとつだけ？」

「そう、ひとつだけ。巨万の富でも絶世の美貌でも世界征服でも異世界ハーレムでも俺TUEEEチートでも書籍化重版出来アニメ化印税生活でも、なんでもござれさ」

「なにをデタラメ言ってるのよ」

「デタラメじゃないよ、ホントだよ。神さまのボクが言うんだから間違いないって。ただし、時間を遡って過去に移動したり、死者を蘇らせることはできないけどね」

死者を蘇らせる。その言葉に望美は反応した。

もしそれができるなら、間違いなく望美は父が生き返ることを願う。でも、それができないのであれば。

「……じゃあ。幽霊でもいいから亡くなった誰々さんに会いたいという願い事はＯＫ？」

「その時点で亡くなった本人が自ら望んで幽霊化していない場合は、それも無理。……だけど、それ以外でも一応例外はあるんだけどね」

「例外って？」

「ナイショ。あー、あとは誰かの寿命の長さを変えることもＮＧ。やろうと思えばできなくはないんだけど、生き物の寿命ってやつは神が定めし運命だからね。それに背くってことは神への反逆罪となって、重ーい刑罰を受けちゃうんだよ。だから誰もやらないのさ。やったからって、ボクらにメリットないし」

「いろいろ制約があるのね」

「運命や、自然の摂理に反することは不可能なんだよ。だからそれ以外の、物理的に可能なことなら大概のことはＯＫさ。だから安心しなよ。ここにサインすれば神であるこのボクが、のぞみちゃんの夢をなんでも叶えてあげる。そう」

　少年はニタリと笑った。

「冥土《めいど》の土産にね」

　望美が「冥土の……土産？」と呟く。

「つまり死の世界へ持っていくお土産のことさ。安心して成仏できるように、この世の未練やモヤっと心残りなことをスッキリ解決してくれる。そんな言葉や物事の喩《たと》えとしても使われている言葉だけどね」

「説明されなくても、言葉の意味はなんとなくは知ってるけど」

「そこで第二の謎、まほろば堂の『夜のお仕事』と契約書の関連について」

少年の右手には契約書。彼は左手の指でVサインを作り、望美へと向けた。

「この『まほろば堂』はね、冥土の土産屋なのさ」

「冥土の土産屋？」

「うん、そうだよ。この店って昼間は、観光地によくある普通の土産屋なんだけど。夜は死者の国、つまり冥土へ旅立つ魂たちを道案内する店へと様変わりするんだ」

少年は望美に店のシステムを説明した。

現世で死亡の確定した、しかし肉体的にはその死まで猶予のある人間の魂が生霊となり、客として店を訪れる。

これから死を迎える客に対し、店側は道先案内役として独占契約を結び、冥界へと導く。店側は契約の証《あかし》に手土産を与える。それが店の商品である『冥土の土産』。この世に未練を残さず成仏できるよう、神の力で生霊の願望をひとつ叶えてあげるのだ。その内容に客が納得すれば交渉成立である。

客は契約書に署名をし、冥土の土産を受け取る。その代償として、客は自分の魂を店側に引き渡す。

「こうして現世で最後の欲望を満たした来客は、この世に未練を残さず心置きなく成仏する。店側は来客の魂を手に入れ、晴れて冥界へと送り付ける。どう？　需要と供給のバランスの取れた、ウィンウィンで素敵なお仕事でしょ？　めでたしめでたし♪」

無邪気な笑顔で少年が、Vサインをチョキチョキさせる。

「お客さんは亡くなり、その魂は冥界送り。めでたしめでたし……って、それのどこが素敵なのよっ！」

少年はうふふと笑った。

「魂と欲望の交換契約。なるほど、ちょっと話が見えてきたんじゃけど。それって神は神でも死神じゃないのよ」

「へへっ、死神だって神さまじゃん？」

否定しない少年。まったく悪びれる様子もない。つまり、まほろば堂の正体は俗に言う『死神との契約』を交わす店だったのだ。

「こう見えても死神って、最高神《おかみ》に直々に仕える立派な職業なんだよね。採用試験の求神《きゅうじん》倍率だって結構高いんだよ」

そんな風に説明されると、なんだか一般的な業種のように感じてしまう。さしずめ魂を刈り取る死神の鎌が、この契約書といったところであろうか。

「ボクの他にも、この現世には目には見えない同業者《しにがみ》がいっぱいいるからね。日本なんて、ただでさえ少子化で人口減少の傾向にある。だからみんな顧客の奪い合いっていうか、けっこう競争が大変なんだよ」

少年が口を尖らせながら言葉を続ける。

「だから、この店のオーナーであるボク的には、他の死神に手柄を取られる前に、生霊たちと独占契約してしまいたいワケよ。だけどウチの雇われ店長クンは、どうも素直に言うことを聞いてくれなくてさ」

「はあ……」

「まったくさ、じいさんの代の時はこんなんじゃあなかったんだけどね。真幌はまだまだ若いせいか、甘ちゃんつうか使えないっつーか」

どう見ても真幌より遥かに若く見える少年が、相手を子供扱いでぼやく。奇妙な光景だ。

「のぞみちゃんの死亡は一ヶ月後に確定しているんだから。冥土の土産をとっとと決めて受け取らないと、単なる犬死になっちゃうよ。どうせなら死ぬ前にパーッと余生を楽しみたいと思うでしょ」

「犬死になっちゃうって……つまりどうなるの？」

「生きている間にやりたいことをやっとかないと、この世に未練が残っちゃうじゃん？

成仏できずに幽霊になっちゃっても知らないよ」

　生霊とは、肉体が生きていて、そこから離れた魂。対して幽霊とは、肉体が死んでも、未練とともに魂だけがこの世に留まってしまう存在のことを指すのだと少年は説明した。

「冥土の土産は、生きているうちじゃないと受け取れないんだ。幽霊になっちゃってから『ああ、あの時ああしとけばよかった』って後悔しても後の祭りなのさ」

「だからって、なんであたしが死なんといけないのよ」

　望美はジト目で少年を睨んだ。沸々と怒りが込み上げる。

「まったく神さま仏さまイケメン店主さまだか死神さまだか、なんだか知らないけど。余命一ヶ月だなんて、本人に何の断りもなく勝手に決め付けないでほしいんですけど」

「えーっ、だってのぞみちゃん、死にたがってたじゃん。ほら、駅のホームでさ。もう忘れちゃったの？」

「……あれは誰もがぼんやり考えることというか、言葉のあやというか。そもそも言葉にすら出していなかったし……」

　ごにょごにょと口ごもる望美。

「ええええーっ、今更なに言ってんのさ。もし本当にあの世が存在するのなら、迷わず死にたいよう、パパに会いたいようって、ウジウジ妄想していたじゃん」

「え、ええ。まあ……そうなんだけど……」

「ようするに、それが神が定めしキミの寿命ってやつさ。素直に受け入れなよ」

「じゃけど……」

「心配しなくてもいいからさ。冥土は必ず存在する。ボクが保証するよ。そこは争いや憎しみや汚れのない、清らかな幸せの国なんだ。住みやすくてとーってもいいとこだよぅ。うん、神さまのボクがそう言っているんだから、間違いないよね」

「胡散臭すぎて信用できないんですけど」

　死神が人を導く先なんて、昔から地獄と相場が決まっている。しかも少年は、冥土は存在するとは言っているが、そこが天国とはひと言も述べていない。

　言葉尻を巧みに操作して真実を隠蔽する。まさに詐欺師の手口だ。

「まったく、しょうがないなあ。のぞみちゃんって優柔不断で疑り深いっていうか、可愛い顔してほんとめんどくさい子だよね」

「可愛い顔した坊やに言われたくないんですけど」

「心をすべて読まれていると分かったせいか、流石に開き直って、思ったことをばんばん口に出すようになったねえ」

「うっ。いちいち、うるさいんじゃけえ……」

「うふふ、それでいいのさ。大人なら自分の意見はちゃんと口に出さなきゃね、お・ね・え・さん」

「あー、もうっ。天使みたいな顔して、中身はどんだけ小悪魔なのよっ！」

望美はセミロングの頭をわしゃわしゃと掻き毟《むし》った。がっつりメイクと共に気合を入れた、今朝のセットが台無しだ。

「とにかくさ、のぞみちゃんは死にたがっていた。まほろばへ行きたがっていた。だからキミの願いを叶える為に、ボクはあの時、背中をポーンと押してあげたんだよ」

「ポーン……？」

「そう、ポーンってね」

望美の背筋に悪寒が走った。ぞわりと嫌な予感がする。

「そこで第三の謎、『のぞみちゃんの体は今どこにあるのか』について」

少年が雪洞の和風ペンダントライトに、小さな掌をかざす。

備中《びっちゅう》和紙に包まれた雪洞の表面がすっと透明になる。巨大な水晶玉のようだ。

同時に雪洞の中に、なにやら映像が浮かび上がった。まるで球体のスクリーン、いや三次元立体映像《ホログラム》だ。

「その答えがこれだよ」

望美は恐々と覗き込んだ。

「こ、これは？」

透明の雪洞の中に映し出された立体映像。そこは白い部屋だった。おそらく病院の集中治療室《CU》だ。

白いベッドの上には、誰かが横たわっている。それは全身を包帯で覆われた人間の姿だった。口には酸素マスク。全身に付けられた無数の管は、傍らの大きな機材に繋がっている。生命維持関係の機械だろう。

顔も包帯で覆われている。肌が露出している箇所は殆ど見当たらない。鏡で見慣れたセミロングの黒髪だけが、辛うじて確認できる。

「そう、これがキミの今現在の体。抜け殻になっている余命一ヶ月の実体さ」

「どうしてこんなことに……まさか、あの時」

「イエス。のぞみちゃん。あの時、キミは線路に落ちて電車に轢《ひ》かれたんだよ。このボクにポーンと背中を押されてね」

がくがくと望美の膝が笑う。

「フツーは即死だけど、ちょー奇跡的に一命を取り留めたんだよね。ってまあ、その奇跡ってヤツも、ボクが仕込んだんだけどさ。だって即死だと、肝心の契約交渉ができないからね」

さあっと全身の血の気が引いて行くのが分かる。しかし、そもそも霊魂である自分の体に血が流れているものだろうかと、妙な疑問も一瞬頭に浮かんだ望美だった。

「……ちなみに、即死の場合はどうなるの？」

「有無を言わさず、カミセンの担当になっちゃうんだよね。それって残念でしょ？」

「カミセン？」

「神選冥界道先案内士のことだよ。天界の法律で定められた最低限の道先案内保証制度なんだけど、カミセンはサービスが悪いからね。ほんと事務的に最低限のことしかしてくれない。ボクら私選冥界道先案内士みたいに、冥土の土産なんて当然くれないよ。だから客が自分の死を受け入れられずに、反発して幽霊になっちゃうパターンが多いんだ」

「はあ……」

「ほら。車を買ったらみんな任意保険に入るでしょ。弁護士だって自分で高いお金を払って雇うじゃん？」

「うーん。良く分かったような、分からないような……」

ようするに車の自賠責保険や、裁判で言う国選弁護人のようなものだろうかと望美は思った。

「ともあれのぞみちゃんは、一ヶ月後には晴れてめでたくご臨終だよ。嬉しいでしょ？」

「なにが晴れてめでたくよ。だって店長さん、さっきは『悪いご病気ではありませんし』って言っていたのに」

「だから病気じゃなくて怪我。悪いご病気じゃなくて悪い怪我だよ」

「そんなの屁理屈じゃない！」

「だからさ、ボクも嘘は言わないよ。冥土よいとこ、一度はおいで〜だよ〜う♪」

少年が鼻歌交じりにひらひらと手を振り踊り出す。ぶかぶかの着物から、白い素肌がちらちら見え隠れしているのが、やっぱり妙に可愛らしい。

「そんなの全然信用できないわよ。どうせ行き先は地獄に決まってるんでしょ」

「嘘だと思うなら試しに死んでごらんよ。この世に死後の世界が本当に存在するかどうか、身を以《もっ》て証明できるからさ。自明の理ってやつだよ」

「そ、そう言われればそうね。じゃあ試しに死んでみようかな……って、悪いけどその手には乗らないわよ！」

「ふふっ。まあ、とにかくさあ。キミの死亡日時は、もう決まってるんだから諦めなよ。のぞみちゃんは大人のくせに優柔不断だから、ボクが後押ししてあげたんだ。ねっ、ありがたいでしょ」

「ありがた迷惑なんですけど」

「死神さまからの、出血大サービスだよ。そう文字通り、血も線路にどばあっと流れらゃったしね。あの後の駅のホームさ、けっこうな大騒ぎだったんだよ」

若い女性が線路へ転落して意識不明の重体。望美は疑問に思う。これだけの大事故だ。新聞の地方欄やＴＶのローカルニュースなどで、報道されなかったのだろうかと。

昨日の金曜日。倉庫番をしていて気付かなかったのかもしれないが、職場でも話題に上っていなかったように思った。すでに事故から二日後だったから、もう話題には上らなかったただけという可能性もあるが、それにしても契約満了寸前の派遣社員の存在なんて、所《しょ》詮《せん》そんなものなのだろうか。

それ以前に母はどうなのだろうか。いくら絶縁状態とはいえ、親族の耳には連絡が入っているはず。心配して駆け付けたりはしてくれなかったのだろうか。望美とは血の繋がりのない、あの母の恋人はともかく、唯一の肉親である母さえも。

「……ねえ店長さん。いえ、死神くん」

「なんだい、のぞみちゃん」

「願いをひとつだけ叶えてくれるんだよね。じゃあ、奇跡を起こしてよ。あたしの大怪我、きれいさっぱり元通りに治してよ」

「まあ、そんなのお安い御用だけどさ。でもさ、それでいいの？」

「いいに決まってるでしょ。勝手に殺さないでよ。こんなんじゃ惨《みじ》めすぎて死んでも死にきれないわよ」

「願いを叶えるんだから、のぞみちゃんの魂は頂くよ」

「……え？」

「そういう契約だからね。手に入れた魂は当然、冥土に送りつける。つまり怪我は治すけど今度は別の方法で死んでもらうから。それこそ奇跡の無駄遣いじゃん。そういうの元の木阿弥、本末転倒っていうんだよ」

望美は顔をしかめた。たしかに少年の言う通りだ。

「ねえ、もっと頭を使おうよ、大人なんだからさ。毎日ＰＣ使ってオシゴトしてるインテリさんなんでしょ。高校は進学校で成績もそこそこ良かったんだよね。本当は大学に行きたかったんでしょ」

駅のホームで後ろにいた、母校の後輩である女子高生たちを望美は思い出す。

「だけど、あの家族のせいで夢をあきらめた。母親に邪魔者扱いされて。やってもいないことでゲスな濡れ衣《ぎぬ》を着せられて。おまけに借金の保証人にまでされてさ。ほんとクズな身内だよね。そりゃあ逃げ出したくなるのも無理ないよ」

ふいに黒い歴史を突かれて望美の胸がどきりとする。真幌に嫌われたくなくて黙っていた秘密。だけど完全に心の中を読まれていたらしい。

「さっき真幌から『誰かに復讐したいとか』って聞かれて、一瞬考えたでしょ」

「もうやだ……やめてよ……」

望美の視界がじわりと滲む。

「だめ、そんなこと……人として考えちゃいけないのに。これ以上、お願いだから意地悪しないで……」

「無理しなくていいんだよ。ボクは、なんでもお見通しなんだからさ」

急に猫なで声を出す少年。円らな蒼い瞳で、望美をまっすぐに見つめる。

「なんならボクが冥土の土産に、そいつらまとめて地獄に堕としてあげようか？」

悪魔の囁き。望美の心が脆《もろ》くも崩れ落ちそうになる。

「やめて……お願いじゃけえ……もう許して…………」

彼女の頬を透明な雫が伝う、刹那。

「そこまでよ」

望美と少年の傍に、黒い影がすばやく忍び寄る。

「ん？」と脇を見る少年。その影は徐に少年の頬をむぎゅっと摘んだ。

「イテテテテっ。ちょちょちょちょ、やめてよ、いたったたったっ、だから痛いって」

「こらっ、このやんちゃ坊主が。おいたが過ぎるわよ。困ってる子をさらにいじめてんじゃないわよ」

「分かった、わーがった離してよ。イッテテテテテ」

「あ、あなたは！」

その見覚えのある女性は、黒ずくめの女ライダー中邑忍だった。

忍が左手に抱えていたヘルメットをテーブルにデンと置く。頬を抓《つね》っていた手を離し、少年を小脇に抱え押さえ付ける。

「なっ、なにすんだよーっ！」

忍は空いた手で少年の和服の裾をまくった。ぶかぶかになった下着が望美の目に入る。

望美は「きゃっ！」と、赤くなった顔を両掌で覆い隠した。

「ほーら、お仕置きよ。悪い子はお尻ペンペンだかんね」

「しのぶちゃーん、もうカンベンしてよぅ」

「うっさい、覚悟おしっ」

「くっ、こうなったら」

少年はマリオネットの糸が切れたように、がくりと首を落とした。

忍が「チッ」と舌打ちして手を離す。ぱたりと床にうつ伏せとなる少年。すぐさま、彼のぶかぶか着流し姿の背中から蒼白い閃光が放たれた。

「眩しい！」

蒼白い光の中で、少年の体が見る見るうちに膨らむ。同時に髪の色も黒から白へと変化する。

やがて光の消失とともに、元のサイズへと戻った真幌の姿が現れた。しかし依然、気を失ったままのようだ。

望美は、うつ伏せで倒れている真幌の傍に駆け寄った。

「店長さん、しっかりしてくださ……きゃっ！」

真幌の下着は露出したままだ。しかも今度は成人男性の姿で。

望美の頬の熱が、かああっと沸点を越える。うぶな彼女には刺激が強すぎだ。慌てて望美はささっと裾を戻した。

「逃がすかあっ！」

忍が叫ぶ。真幌と望美の傍に詰め寄るかと思いきや、忍はカウンター席へと向かった。

「にゃああご！」

黒猫マホの鳴き声だ。

先程までカウンターで寝ていたはずだが、真幌と入れ替わるように目を覚ましたようである。

忍のすらりと長い脚が空を切る。電光石火の後ろ回し蹴りだ。マホはそれをひらりとかわした。

「にゃっ♪」

望美の方を向くマホ。視線が合う。宝石《サファイア》のような蒼い双眸《そうぼう》がキラリと輝く。少年と同じ瞳の色だ。

踵《きびす》を返すマホ。漆喰の壁を伝って軽やかに駆け上がる。

「こらー待てー」

そのままマホは天井の梁の上に飛び乗り、尻尾を巻いて闇の中へと消えて行った。

「まったくあの子ったら。ああやって、すぐ女の子をいじめて泣かす。そんなんじゃあ、いくら顔が可愛くってもモテないわよっ！」

「あの、これは一体」

「ごらんの通りよ。真幌はね、あの化け猫に取り憑《つ》かれているの」

忍は顔をしかめながら床に視線を落とした。真幌は未だ、床にうつ伏せたまま眠っている状態だ。

「あ、あの。忍さん、一体いつから店に来て、どこから話を聴いていらしたんですか」

「そうねえ『そろそろ本題に移りましょうか』ってとこぐらいかしら」

「それって、ほとんど全部じゃないですか。ていうか三十分以上経ってますよ。張り込みの刑事さんですか？」と、望美は赤面しつつもツッコミを入れた。

ふっと鼻を鳴らす忍。

「もう察しは付いているかとは思うけど。例の生意気なガキんちょの正体は真幌じゃない。あの化け猫よ」

「あの黒猫のマホくんが？」

「そう。あいつは古くから店に住み着いている死神なのよ。死者の魂を冥土に送り届けるのが、死神である黒猫マホの業務内容。クロネコなんちゃらの宅配便ってやつね」

そこは笑っていいところなんだろうかと、望美は微妙に悩む。

「なんでも冥土では魂が慢性的に不足しているらしくて、けっこう営業ノルマがキツいんだってさ。それで現世の人間である『まほろば堂』の店主に代々取り憑いては、死神との契約の片棒を担がせているってワケなのよ」

魂の不足による営業ノルマ増加。その不足の理由って何だろう。それだけ現代社会は、成仏できない幽霊が増えすぎたということだろうか。それとも、いわゆる少子化による人口減少なども関係あるのだろうかと、望美は素朴な疑問を持った。

ともあれ死神の少年と真幌は、雇用主《オーナー》とフランチャイズの雇われ店長の関係、ということらしい。

これから死を迎える人に、未練を残さず成仏してもらう為、手厚くおもてなしをする。心の声にしっかりと耳を傾け、生霊本人の納得がいくまでじっくりと事を進めたい。どうやらそれが、雇われ店長である真幌の意思のようだ。

実際、事情を知らなかったにせよ、望美も真幌にたくさん話を聞いてもらい、誠心誠意もてなされたのは事実だ。

対する死神オーナーの意思としては、他の死神に手柄を取られる前に、生霊たちを甘い言葉で誘惑し、首尾よく独占契約してしまいたい。マホ本人も先程そう言っていた。

スピード重視で成果主義のオーナーと、サービス・品質重視でお客様第一主義の雇われ店長。普通によくありそうな職場の対立関係だ。

「昼間は、自分が経営する普通の土産屋の店主として働き、夜は死神が経営する『冥土の土産屋』の雇われ店長として、ドSな悪徳オーナーにコキ使われてるの。まったく真幌も働きものよね」

ノルマにうるさい意地悪なオーナーと、生真面目で働きものの雇われ店長。さしずめ忍はお局《つぼね》様だろうか。これまた、あるあるな職場環境だなと妙に納得する望美だった。

「真幌は根が優しくて人がいいから。ついつい死神の言いなりになって、夜のオシゴトも頑張っちゃうのよね」

「人がいい……じゃあ店長さんは、真幌さんは人なんですね」

「そうよ。だから本人も言っていたでしょ」

「そっか、店長さんは人間だったんだ。幽霊でもお化けでも死神でも、ましてや女たらしの結婚詐欺師でもなかったんだ」

「最後のは人間だったからって、そのまま否定できないとは思うけどね」

忍のツッコミをとりあえず聞き流しつつも、望美はほっと胸を撫で下ろした。

同時に、そんなに働いて過労死してしまわないだろうかと、多忙な店主の身を案じた。

「死神との契約には『顧客契約』と『雇用契約』ってあってね。顧客契約は、さっき散々説明を受けたから分かるわよね」

「はい、それが冥土の土産ですよね」

「そう。で、真幌は死神と雇用契約の方を結んでいるの」

「なるほど、それで生霊であるあたしや、他の幽霊たちと会話ができるんですね」

「そういうこと。だって、そうじゃないと仕事になんないからね。それにしても」

忍は軽くため息をつく。

「いっそ店を畳んでしまえば、こんな因縁の呪縛からは解放されるんだろうけどね。だけど、あの子はそれをしない」

真幌を『あの子』と呼ぶ忍。やはり古くからの親密な関係なのだろうか。

「店長さんの育ての親である、おじいさまから受け継いだ大切なお店だからですか」

「まあ、それもだけど。もっとワケアリな事情があんのよ」

「ワケアリな事情……ですか」

「ええ、でも話すとメチャ長くなるからね。そこは省略するわ」

――そこは全然、省略してほしいとこじゃないんですけど。すごく気になるんですけど。

「あの子の髪の色を見れば、なんとなく分かるとは思うけどさ。真幌には、人に言い難い辛い過去があんのよ。死神に魂を売り渡してでも、店を続けなくてはならない理由がある。とだけ言っておくわ」

――もうっ、忍さんの意地悪っ。そんな言い方されると余計に気になるんですけどっ！

ようやく様々な謎が解けた。

しかし、それも束の間。望美の前に新たな謎がふたつ浮上した。

ひとつは『まほろば堂』の店主、蒼月真幌。普通の人間であるはずの彼が何故、死神と雇用契約を交わしているのか。そのワケアリの事情とは。

真幌は総白髪だが、縮んだ少年の姿の時の髪の色は黒かった。もしあれが幼い頃の真幌の姿なのだとしたら、白髪は生まれつきではないということになる。ならば何故、真幌は若くして、どのタイミングで総白髪になったのだろうか。

真偽のほどは定かではないが、有名なところでは、マリー・アントワネット王妃が死刑宣告を受け、一夜にして白髪になったという話がある。真幌の場合も、その辛い過去がそれに絡んでいるのだろうか。

もうひとつは黒ずくめ女ライダー中邑忍。彼女の存在はある意味、真幌以上に謎である。忍は何者なのだろうか。顔色は良く健康そのもの。だから霊ではなさそうだ。それなのに彼女は真幌と同じく霊と会話ができる。彼のように死神と雇用契約を交わした人間なのだろうか。

しかし忍は死神少年に強気な態度を取っていた。しかもその忍の態度に、雇用主であるはずの死神少年の方が尻尾を巻いて逃げ出した。

——まさかの女神さまとか？

「で、アンタ。結局これからどうすんの。もう余命一ヶ月ってタイムリミット切られているんでしょ。別に死神の肩持つワケじゃないけど、どうせもうすぐ死んじゃうんだし。とっと冥土の土産を決めちゃって、欲望をがっつり満たして余生を楽しく過ごした方が身の為よ」

「それは、そうなんですけど……」

色々なことがありすぎて、気持ちの整理が追い付かない。

「まったく、しゃあない子ね。アタシそろそろ帰るから、後はこっちに相談すれば？」

忍が徐にヘルメットをつかむ。空いた方の手で、床を指差した。

ずっと気絶していた真幌が動き出した。頭を抱えながらゆっくりと上体を起こしている。

「うう……」

「て、店長さん！」

「望美……さんに、忍……さん？」

◇

数日後の夜。望美は、まほろば堂に来店していた。

店内奥のいつものカフェスペース。薄暗いテーブル席で真幌と対面している。

今宵の真幌の髪は白色、瞳は鳶色だ。身長も一八〇センチを超えている。つまりその姿は、あの生意気なマホのものではなく、望美の知る「優しい店長さん」だ。そして女ライダー忍や黒猫の姿はない。ふたりきりだ。

「望美さん、あれ以来よく眠れていますか」

「えっと、明け方に少しだけは」

不思議なことに生霊でも睡眠を取るものなんだな。望美はそんな風に、自分の行動に対して妙な感心を覚えた。

魂だけの存在になったからといって、壁を抜けられるわけでも、空を飛べるわけでも、ましてや瞬間移動ができるわけでもない。

お腹も空くしトイレにも行く。自分の姿が他人に見えていないことを除けば、普段の生活とまるで変わりはない。まあ、だからこそ自分が今本当は瀕死の状態だなんて、まったく気づけなかったんだけど、と望美は心の中でつぶやいた。

アパートからまほろば堂へは電車で来た。定期券区間外の料金はどうしようかと悩んだが、結局のりこし精算機で支払った。彼女は変なところで律儀なのだ。

「望美さん、お顔の色がすぐれませんね」

「まあ、あたしってば幽霊ですから」

「あ、ごめんなさい。別にそういう意味では」

「いえ、心配してくださってありがとうございます。それより店長さんこそ、顔色がけっこう悪いですよ。昼に夜に、働き詰めで疲れているんじゃないですか」

「ええ、まあ。正直、スタッフを雇いたいところではあるんですけど。あまりにも夜の業務内容が特殊すぎるので『店員さん募集』と表に貼り出すわけにはは。僕のことはともかく、とりあえず甘いものでも召し上がれ」

和紙のテーブルクロスの上には、いつもの備前焼のコーヒーカップと、和菓子の置かれた小皿がある。たっぷりのこしあんを薄い皮で包んだその和菓子には見覚えがあった。

「あ、大手《おおて》まんぢゅう。これ、おいしいですよね」

「いえ、これは藤戸まんぢゅうなんですよ。岡山市の大手まんぢゅうに対し、倉敷市にはほぼ同じ形の藤戸まんぢゅうがあるんです。微妙に原材料や味や口当たりが違いますが、正直見分けはつきません。だから、どちらの名で呼ぶかで岡山市民か倉敷市民かが分かる、なんて言われているんですよ」

なるほど、確かに自分は岡山市民。そう思いつつ望美は饅頭《まんじゅう》をぱくりとほおばった。

「おいしーい。こしあんの上品な甘みが口の中に広がって最高です」

備前焼のカップに入った、店主特製のミルクたっぷり砂糖控えめコーヒーを飲み干す。甘い和菓子と温かい飲み物、そして店主の郷土話を交えたおもてなし。崖っぷちな状況下に身を置きながらも、少しだけほっこりと気持ちが落ち着いた望美だった。

「望美さん。どうですか、気持ちの整理は付きましたか？」

優しい声色で言う真幌。結局、冥土の土産を何にするのか。どんな願いが叶ったら成仏できそうなのか。それを遠回しに問い質《ただ》しているのだ。

「………………」

「了解です。しばらくゆっくり考えてくださいね。ただ、僕は普通の人間なので。あの子と違って人の心が読めません。だから、思いを言葉にして頂かないと伝わりませんよ」

「あたしの借金のこと知っていたのは、心を読んだんじゃないんですか」

「あれは、事前に知らされていたんです。顧客名簿にそう書かれていました」

望美は真幌と初めて出会った時のことを思い出した。たしか店舗奥の片隅のテーブル席で、広げた書類に目を通していた。

「あの子は黒猫の姿では言葉を喋れませんし、文字も書けません。だから僕に物事を伝達するときは、僕自身に憑依《ひょうい》して書面で残したり、忍さんに言伝《ことづて》したりするのです」

「そうなんですか」

「そうやって僕らは意思の疎通を図っています。ともあれ書面や言伝では何かと事実や真意が歪曲《わいきょく》されがちですし。直接、望美さんの口から思いを言葉にして、僕に聞かせて欲しいんです」

「思いを、言葉に」

「なんでもいいんです。思っていることを口に出すと、少しは心が軽くなりますよ」

「ご迷惑じゃないんですか」

「大丈夫ですよ。お客様の心の声に耳を傾けるのが、僕の仕事ですから」

そう促されて、望美は重い口を開いた。鬱積した思いがこぼれ出す。

「ひとりで部屋にいると不安なことばっかり考えちゃって」

不安の色に染まる望美の目。真幌はそれを長いまつげの瞳で見つめている。

「ねえ、店長さん。教えてください。冥土って本当に、まほろばなんですか。あの子が言っていたみたいに、本当に争いや憎しみや汚れのない清らかな幸せの国なんですか」

「それは……」

「もし冥土が天国だって保証があるのなら、あたしは安心して成仏できるんですけど」

「ごめんなさい。正直、僕にも分からないんです。これぱっかりは一度死んで自分の目で確かめてみないことには」

「ですよね。店長さんは人間ですものね。わがままを言ってごめんなさい」

「いえ。こちらこそ、お客様のご期待に沿った返答ができなくて」

しばしの沈黙。その後、望美が小さく笑って口を開く。

「冥土の土産なんて。叶えたい欲望なんて、正直思いつかないですよ。願いがなんでも叶うって、急にそんなことを言われても。巨万の富だの絶世の美貌だの世界征服だの。そんな大それたことなんて、小市民のあたしにはとても考えられないし。どうせ死んじゃうんだから、失業や借金のことなんて、もう悩まなくていいし。命を懸けて守りたい、幸せにしてあげたいって願う仲間や友達や恋人や家族も、あたしにはいない」

切なそうな顔をする真幌。

「仮に今から、魔法の力を使って速攻で素敵な男性と出会って。超スピード結婚して、超スピード出産して。そうやって暖かい家庭を性急に手に入れたところで、一ヶ月後にはお別れなんですよね。そんなの余計に虚《むな》しいだけです。それに仮に暖かい家族に見守られて、あたしが息を引き取ったとして。そうやって僅かな間でも、あたしのことを愛してくれた旦那さんと子供のことを考えると……。彼らはきっと家族に先立たれて辛いと思うんです。残された家族が傷つくところなんて、あたしは想像したくない。それこそ死んでも死に切れませんよ」

残された架空の家族。それを父親と死別した自分と重ねてしまう望美だった。

「望美さんって、とても優しい方なんですね」

しみじみと言う真幌。ふいに誉められて望美の頬がぽっと紅色に染まる。

「い、いえ。お世辞なんてやめてください」

「お世辞じゃないです。今のお話、本当に感動しました。目から鱗でした。そんな考え方ができるなんて立派です」

「やめてください。あたしなんて、死んでも誰も悲しんでくれる人のいない、つまらない人間なんですよ」

「そんな風に自分を卑下《ひげ》してはいけませんよ」

「慰めてくれなくてもいいんです。こんな暗い性格だから、死神に取り憑かれて背中を押されちゃうんでしょうね、きっと」

泣き笑いの表情を浮かべる望美。

「店長さんにも、いっぱいご迷惑かけちゃって。じゃけど仕事もなくって、ひとりぼっちで部屋に閉じ篭っているのが不安で……」

望美の視界がじわりと滲む。裏に『契約書』と書かれた、和紙のテーブルクロス。その上に心の雫がぽたりと零《こぼ》れ落ちる。

「寂しくて……」

望美は顔を伏せると、声を押し殺して泣いた。

そんな彼女を、真幌はじっと黙って見つめている。

「……ごめんなさい店長さん、取り乱したりして。もう大丈夫ですから」

気丈に振舞おうと無理に笑みを浮かべる望美に対し、真幌は一度、こほんと咳払いをして、問いかけた。

「望美さんは、めいどにはご興味ありますか」

「冥土……死後の世界ですか？」

きょとんと首を傾げる望美。今更、何を言うのだろうか。

「いえ、そのめいどではありませんよ。ごらんの通りの零細個人商店なので、そんなに良い時給は出せないんですけど。ちょうど人手も欲しかったところでもありますし」

「は？」

「もしよかったら冥土の土産が決まるまで。望美さんの気持ちの整理が付くまで」

真幌はにこりと笑って言った。

「うちの店で、メイドとして働いてみませんか」

# 第二章　めいどをお試ししてみませんか？

「へー、結構似合うじゃない」

黒いバイクにまたがった忍は、望美をまじまじと見つめた。

「え、そ、そうですか？」と和装メイド服姿の望美は照れ笑いを浮かべた。

時刻は午前九時半。まほろば堂の開店三十分前だ。晴れの国と呼ばれる岡山らしい晴天。風が冷たいが、晩秋の朝の日差しがきらきらと眩しい。

店頭前の歩道に立つ望美。服装は茜色に染められた倉敷帆布の着物だ。その上に白いレースのエプロンをまとい、髪にはカチューシャをつけている。

昨夜、望美はまほろば堂の店員として、店主の真幌により採用された。

冥土の土産が決まるまで。あの世へと旅立つ心の整理が付くまで。そんな短期間のアルバイトではあるが、無職の引き篭り生活から解放されたのだ。

それにしても男ひとりで営んでいる店に、よくメイド服があったものだなと望美は思った。見たところ使い古しのようだ。以前は女性の店員を雇っていたのだろうか。

「いやいやマジで可愛いよ。こりゃあ、真幌目当ての女性客がヤキモチ焼いちゃうかもね。店の売り上げに支障をきたしたりして」

「そんな……」

「って、まあ大丈夫か。だってアンタの姿は客には見えていないからね」

「ですよね。あたし生霊ですもんね」

自分が着たらこの服も、誰の目にも映らなくなる。それが少しもったいない。だけど今までの事務服と違って、せっかくの可愛い制服なのだから。せめて精一杯がんばろう。

密かに、そう思う望美だった。

がらりと出入り口の引き戸が開く。

「おはよう」

真幌がいつもの藍染着流しで現れた。一点の曇りもない純白の髪には、少し寝癖が付いている。

「夜型人間の忍さんが朝から登場とは珍しいね」

「可愛いお嬢さんの初出勤姿を、ひと目見ておこうと思ってね」

それにしても忍は普段、昼間は何をしているのだろうと望美は疑問に思う。夜の仕事なのだろうか。それとも、やはり彼女は、霊や神様の類なのだろうか。

「望美さん。メイド服姿、とっても似合ってますよ」

「あ、いや、その……きょ、今日からよろしくお願いします、店長さん」

照れ隠しに、慌ててぺこりとお辞儀をする。

「お客様の前では店長と呼んでくださいね。一応、職場ですので。ごらんの通りの小さな店ですけど」

真幌はにこりと微笑んだ。


「お客様におもてなしのご挨拶。それが主な業務内容です。あと掃除とか商品の陳列などの軽作業をして頂けると助かります」

店頭で真幌から業務内容の説明を受ける望美。時刻は午前十時前。もうすぐ開店だ。

「あの店長さ……いえ、店長。あたし、具体的にどうやって接客したらいいんですか」

「お辞儀をしながら『いらっしゃいませ、ありがとうございました』と心を込めてお声掛けをしてください」

「でも、あたしは生霊で、お客さんに声は届かないはずでは」

「直接届かなくても、おもてなしの心は届きますよ」

そんな曖昧な接客で本当に大丈夫なのだろうか。そして、一番の不安要素が。望美は恐々と聞いた。

「あの、例の黒猫のマホくん……は」

「ああ、あの子は昼間はほとんど店にいませんから」

「そうなんですか」

「本人曰く『外回りの営業ノルマで忙しくてたまんなーい』って、いつも忍さん伝《づて》に聞かされています」

「はあ……」

「でもまあ、あの子のことですから、どこかでサボって遊び歩いているのかもしれませんけど。だから心配しなくていいですよ。それに昼間の店内では僕に憑依しませんから。店主の目の色や人格が急に変わった挙句、背まで縮んだりしたら、お客様がびっくりしてしまいますからね」

望美がほっと胸を撫で下ろす。

「その辺は流石にあの子も弁《わきま》えていますよ。これも以前、忍さんから聞いたんですけど、子供の姿に化けるのも同じような理由みたいですよ」

「なるほど。確かに店長の姿のまま、あんな調子《キャラ》で自由に歩き回っていたら、ご近所さんもびっくりしてしまうでしょうね」と望美は妙に納得した。

「ですが。もし万が一、業務中に僕の目の色が変わったら。遠慮なく職場放棄して逃げ出してくださいね」

真幌はくすりと笑って、少しおどけた口調で言った。

午前十時半。開店して三十分が経過した。

いつも夜間に『本日閉店』の札の掛かっている引き戸は開放されている。店頭で直立不動の望美。緊張で体がカチコチになっている。

「望美さん、リラックス。今日は平日なので、客足はそんなに多くありませんから」

「は、はい」

望美は気を紛らわそうと、改めて店内を見渡した。商品棚には倉敷ガラスをはじめ焼き物などの工芸品や、はりこ、だるま、手まりなどの民芸品が飾られ、レジカウンター近くのガラスケースには『きびだんご』など郷土の銘菓が並ぶ。繊維のまち倉敷の風情を感じさせる、倉敷帆布のバッグやジーンズなどの布製品も多い。

「いろんな商品を取り扱っているんですね」

「ええ、そうですね。地元の名産品というのが共通項です。狭い店舗なので、数自体は多くなくて、広く浅くといった感じにもなっていますが」

――浅くっていうわりには、説明し出すと長くて薀蓄も凄《すさ》まじいけど……。

店の最奥部はカフェスペース。ひと組しかないテーブル席は、いつも望美が真幌に話を聞いてもらっている場所だ。

その他は、小さなカウンター席。椅子は四つしかない。カウンターの脇には倉敷の銘酒

『燦然《さんぜん》』の一升瓶や、地元ワイナリーで生産される『マスカットワイン』などのボトルが陳列されている。おそらく夜の接客用だ。

そうこうしている間に、最初の客がぶらりと店内に現れた。五十代ぐらいの熟年夫婦らしきふたり組だ。

「いらっしゃいませ」

真幌が慣れた口調で声を出す。それに続いて望美が、ぎこちなくお辞儀をする。

「い、いらっしゃいませ……」

◇

数日後の昼下がり。茜色の和装メイド服姿をした望美は今日も、接客する店主の姿を、カウンターテーブルを拭きながらそっと見つめていた。

真幌は若いＯＬ風の女性客に、倉敷帆布の手提げバッグの説明をしている最中だ。

「昔からここ倉敷児島《こじま》地区は、木綿の栽培が盛んでした。近代以降、その織りや縫製の技術が発展して、現在の倉敷の帆布産業へと繋がっているのです。国内の約七〇パーセントの帆布生産が、ここ倉敷で行われているんですよ」

「へえ」と相槌を打ちながら、客がハンドバッグからスマートフォンを取り出す。

「写真を撮らせてもらってもいいですか。ＳＮＳに載せたいんですけど」

「ええ、もちろん。うちの店としても商品の宣伝になりますし」

真幌が商品のバッグを客に差し出す。

「あ、そっちじゃなくって。こっち」

女性客は真幌の顔にスマートフォンのカメラレンズを向け、パシャリと撮影した。

「え？」

にやっと笑って女性客が言う。

「私、ちゃんと許可取りましたよね。店長さんってインスタ映えしそうなんで」

「は、はあ……」

「うふふ、お店の宣伝の方もしっかりしておきますから」

どうやら女性客がＳＮＳに載せたい画像は商品ではなく、イケメン店主のようだ。その様子を見ながら、望美は心の中で呟いた。

——店長さん、すごい。女の人に写真を撮られたの、今日これで三人目だ。

結局、女性は倉敷帆布の手提げバッグを色違いでふたつ購入した。

「ありがとうございました」

丁寧にお見送りをする真幌。望美もそれに倣《なら》って「ありがとうございました」とお辞儀をする。ようやく人前で大きな声を出すことにも慣れてきた。

自分は魂だけの存在。だから客には自分の存在は認知されていない。そんな状況が人見知りな彼女のプレッシャーを和らげていたりもする。だけど――。

――あたしってどう考えても、全然お店の役に立ってないよね。


深夜。望美は自室で布団に潜っていた。疲れているはずなのだが寝付けない。

望美の住むアパートは、築五十年を優に超える木造二階建て。若い女性がひとりで暮らすには不似合いな、狭く薄汚れたおんぼろ物件だ。

「これじゃあ、ただの給料泥棒だわ。あたしが無職のぼっちで寂しいってめそめそ泣いてたから、気遣って店に置いてくれているのよね、きっと」

せっかく雇ってもらえたのだ。僅かな期間だが、せめて少しは役に立たなければ。

「うじうじしていても始まらないよね。あたしにできることってなんじゃろお」

寝付けず冴えてしまった目で、穴の開くほど天井を見つめる。

「まずは、あたし自身が変わらないと」

◇

「店長、おはようございます」

翌朝、望美の両脇には大きな紙袋が抱えられていた。

「おはようございます。望美さん、それは？」

「今朝、倉敷駅前のフラワーショップや雑貨屋に寄って買ってきたんです」

中身を見せる。そこは小ぶりな観葉植物やアンティークな小物などが入っていた。

「とにかく自分のできる仕事を見つけんと」

先程、買い出ししたグッズに目をやる。望美は生霊なので、店員に姿は見えない。だから代金は、店員のいない隙を見計らって、購入した物のメモ書きとともに店のレジカウンターの上に置いて来たのだ。

掌でぴしゃりと自分の両頬を叩く。望美は開店前の店内を見渡した。

店は、いくら毎日きれいに掃除をしても、人の出入りですぐに埃《ほこり》が立ってしまう。望美は、はたき片手にせっせと掃除に励んだ。

生霊は現実の物体を動かすことができる。その間、生霊が触れているものは人の目には映らなくなる。

正確に言えば人の意識から外れるのだ。だから生霊の望美が和装メイド服を着ていたり、はたきを持ち歩いたりしても、まるで道端の石ころのように誰にも気にされなくなるのである。

まだ望美が生霊だと自分で気づいていないとき、出社した望美がパソコンを立ち上げても、彼女が入力したデータがそこにあっても、社内の誰もそれを認識できなかった理由もそれだ。

「ありがとうございます。望美さんの掃除の仕方は、とても丁寧ですね」

背後から声が掛かる。真幌に感謝され、望美は照れ笑いを浮かべた。

「うんしょ」と背伸びをしながらカウンター席の上の棚に手を伸ばそうとするも、高くてはたきが届かない。

「そこは自分が」と真幌が肩口から手を差し伸べる。偶然、互いの手が触れ合った。

「あっ」

望美は思わぬ出来事に、かあっと赤面した。上目遣いでちらと真幌の顔を見上げる。目と目が合う。彼は「あ、ごめんなさい」と視線を逸らした。

はらりとなびく白髪に隠れた、色白の彼の耳たぶは、ほんのり紅色に染まっていた。

「へえ、なんかお洒落な雰囲気になりましたね」

「せっかく歴史情緒のある店内なのに、そのままにしておくのはもったいないと思って」

古びた店内が見違えるように様変わりした。和の佇まいにアンティークさがほどよく調和した洒落た空間。純和風の内装にレトロモダンなテイストを織り交ぜてある。

観葉植物も雑貨も、小さなもの。なのにそれが絶妙なアクセントとなっている。

「ちょっとのことなのに、目を引きますね」

真幌の感嘆する声に、望美は小さく微笑んだ。

◇

翌日。今日は日曜日で晴天だ。その為か客足はほとんど途絶えることはなく、まほろば堂の昼の営業は繁盛していた。

「よお若旦那。なんか最近、店の雰囲気変わったのお。ぼっけえハイカラになったたっちゅうか」

商品の仕入れに来た初老の配達人が真幌に声を掛ける。古くからのなじみのようだ。

「ええ、とても優秀なインテリアコーディネーターさんに、コンサルティングして頂きましたから」

「のおのお、それって若いおなごか。べっぴんさんけ？」

「はい、それはもう。とても可愛らしいお嬢さんですよ」

横で聞いている生霊メイドの望美の頬が、ぽっと紅く染まる。

「ほんまに、まるであの頃のようじゃ。若旦那も、せっかく男前なんじゃけえ。そろそろ、またええ人を見つけたらどうなんじゃ」

「ええ、まあ……」と真幌は苦笑いを浮かべた。

「あんたも昔は色々あったけんど、もうあれから五年も経つんじゃし」


――あの頃……またええ人……五年って？

ほうき片手に心の中で望美がつぶやく。先ほどの配達人との意味深な会話がどうも気になってしょうがない。

そもそも、どうして着古した和装メイド服が店にあるのかと、改めて疑問に思う。

――この服、もしかして昔の彼女さんのもの、なのかな……？

望美はちらと店主を見た。倉敷ガラスの一輪挿しに水を注《さ》す真幌。そうやって毎日欠かさずハナミズキを愛でている。

その時の彼は、いつも切なそうな表情をしている。憂いを帯びた横顔に、望美の胸がとくりとときめく。

年上のミステリアスな店主に淡い想いを育みながらも、望美は彼の秘めた過去が気になり始めていた。

◇

「望美さん、今日はお昼で上がってください」

翌日の月曜日。真幌は、店頭に立つ望美の背後から声を掛けた。

「え、いいんですか」

「今日はいい天気だし、平日で客足も少ない。せっかくだから、この辺りをぶらりと散歩して帰られてはいかがですか」

昼の接客に対して不完全燃焼気味の望美。そんな彼女を気づかい、真幌は気分転換になればと臨時休暇を与えたのだ。

「はい、それじゃあ遠慮なく」

望美の表情がぱっと咲く。彼女は店主の好意に甘えて、ひとり倉敷美観地区を散策することにした。


まほろば堂を後にした望美は、中橋《なかばし》のたもとに向かった。美観地区を流れる倉敷川の中間辺りに位置する場所だ。

くらしき川舟流し。昔、家族三人で乗ったことがある。子供の頃を懐かしみながら、望美は律儀に五百円玉を料金箱に入れた。

この周辺は、かつて川舟で物資を運搬していた。その当時の情景を味わえる観光川舟なのである。

毎年ゴールデンウイークには『瀬戸の花嫁・川舟流し』といった行事も行われる。江戸時代、この周辺の花嫁は川舟で川を下り嫁ぎ先へと向かった。その風習を再現したもので、白無垢姿の花嫁衣裳を着たモデルが川舟に乗り、長持唄や尺八の音色とともに下るのだ。川舟『天領丸』の定員は六名。今日は平日なので観光客は比較的少ない。搭乗者は船頭と一組の老夫婦。望美は老夫婦の背後に腰を下ろした。

倉敷川の河川敷は、いわば美観地区のメインストリートだ。そこをゆったりと進む天領丸。色とりどりの鯉が泳ぐ白銀の水面。枝垂柳を揺らす風が、ひんやりと心地よい。

「この高瀬舟、本当にあの頃のまんまだなぁ。たしか――」


十年以上前。あれは今と同じ、師走《しわす》を目前に控えた晩秋のことだった。

小学校に上がったばかりだった望美は、両親と共にこの船に乗りに来たのだ。左に父、右には母。幼い望美は、その間にちょこんと小さく座っていた。

「わぁ、素敵な景色ね」と母。長い黒髪と白いロングスカートが風になびく。

「枝垂柳越しに見る景色が情緒豊かで良いね」と父が言う。

「ええ。それに、ちょっと寒いかと思ったけど。ひんやりとした風が心地良いわ。何よりロマンチックだし」

「そうだね。まるで時空を超えて、精霊の視点で町を見渡しているような感覚に陥るよ」

いつもの調子で父は、少し理屈っぽく印象を述べた。

父はサラリーマンだったが、詩や文学が好きで若い頃は小説家になりたかったらしい。

記憶の中のふたりは若々しかった。特に母は父より六歳年下で当時三十歳になったばかりだったが、年齢より若く見えるせいか、笑顔には少女の面影があった。

「望美、あれが倉敷館だよ。今は観光案内所だけど、元々は大正時代に倉敷町役場として建てられたんだ」

「ふーん」と望美が答える。和情緒豊かな景観も、幼い望美には少し退屈だった。

そんな素っ気ない娘の興味を、どうにか引こうと父が弁舌を振るう。

「あっちは日本郷土玩具館。倉敷民藝館や倉敷考古館と並び、倉敷館をはじめとする美観地区を象徴する建物で、全国の郷土玩具が江戸時代から今に至るまでずっと――」

「ちょいとお客さん、ワシらの仕事を取らんといてくれぇよ」

「あ、すみません。つい……」

船頭にぴしゃりと注意された父が、髪を掻きながら苦笑いを浮かべる。望美と母は顔を見合わせ、くすりと笑った――。

約二十分の運行を終えた天領丸は、中橋のたもとに帰港した。前方の老夫婦に倣い、足元に気をつけながら望美は川舟を降りる。

妻と手を繋いで、老紳士が優しくエスコートをする。その仲睦《なかむつ》まじい姿に、望美は少し切なくなった。


川舟流しで目に付いたスポットを徒歩で散策しようと、望美は川下の高砂橋《たかさごばし》へと向かう。倉敷デニムストリートを皮切りに、川沿い西側を北に歩いた。先程の倉敷館の角を曲がると、露店商がアクセサリーを広げ、似顔絵書きが絵筆を握っている。

颯爽と駆け抜けてゆく人力車。その道の向こう側に聳《そび》え立つ、ギリシャ神殿風の建物が大原《おおはら》美術館だ。

美術館前の今橋《いまばし》を渡り、今度は裏通りへと。桃太郎のからくり博物館などに立ち寄り、今度は白壁通りを左折。しばらくすると、目の前に蔦《つた》の絡まる赤煉瓦《あかれんが》の建物が現れた。

倉敷アイビースクエア。

明治創業の倉敷の紡績会社クラボウ。その当時の外観や立木を活かして作られた観光施設である。

名称の由来である緑の蔦《アイビー》が、スクエア状に配置されたレトロモダンな赤煉瓦の外壁を覆う。まるで英国庭園のような中庭だ。

「素敵、なんてロマンチックな庭園なのかしら。まるで映画の舞台みたい」と望美は息を呑んだ。

望美の視線の先では、若いカップルがテーブルベンチで肩を寄せ合い、対面の式場スタッフらしき人物と談話している。

「ねえ、カクテルドレスの色はやっぱネイビーかな」

「ああ、いいね。きっと似合うよ」

どうやらガーデンウエディングの式場の下見のようだ。ショートカットの女性は二十二歳の望美と同年代に見える。望美は「あーあ、いいなあ」とつぶやいた。

「こんなところで結婚式を挙げられるなんて。まあ、あたしにはそんな相手なんておらんのんじゃけどね。ていうか、それ以前に……」

そう、自分は絶命寸前の生霊なのだ。望美は自嘲した。

「瀬戸の花嫁、あたしもなりたかったな。二人とも幸せそうな笑顔……って、えっ！」

その女性の顔を間近に見て、望美は驚愕した。なぜなら、そこにいたのは――。

「か、かのんちゃん？」

幼馴染の小泉《こいずみ》華音《かのん》だった。

◇

夕方の阿智《あち》神社。

美観地区内の鶴形山《つるがたやま》、その山頂に鎮座する神社だ。昔から倉敷の総鎮守として、大勢の参拝客や観光客が訪れる。そんな市内有数の神社なのだ。

山頂へと続く長い階段の頂上付近。そこに望美はぽつんと腰掛け、茜色に染まる倉敷市街を見下ろしていた。

「そっか。かのんちゃん、結婚するんだ」

ぼんやりと昔を思い出す。華音とは家族ぐるみの幼馴染で仲が良かった。

引っ込み思案な望美とは違い、華音は活発で愛想がよく社交的だった。小学生の頃は、おとなしい望美をからかう、意地悪なクラスメイトたちから守ってくれたりもした。いわば親友と呼べる存在だったのだ。

「なのに、あたしったら……」

思春期に入ると、ふたりの関係はぎくしゃくし始めた。

小六での父親との死別をきっかけに、望美の家庭環境には変化が生じてしまった。彼女にとってはあまり喜ばしくない方向に。

中学に入ってから、望美は次第に華音を遠ざけるようになった。華やかな性格で、明るい家庭環境に育つ華音に対して、どうしても気後れしてしまったからだ。

卒業後は別々の高校に進学。以来、完全に疎遠になった。それから望美の前には友達と呼べる人はひとりも現れていない。

望美は思う。こうやってお互い地元に住み続けているのだから、あの事故のことは、おそらく彼女の耳にも届いているはずだ。

でも、きっと彼女は望美のことなど忘れている。この名前を地方ニュースで目にしても、誰のことだか分からないだろう。当たり前だ。そうなるようにしたのは、自分なのだから。

「…………自業自得じゃし」

望美は遠い目で、暮れなずむ倉敷の空を仰いだ。

◇

「店長、お疲れ様でした。どうぞ召し上がれ」

午前中の業務を終え、いつものテーブル席に座っている真幌に、望美がまかないランチを差し出す。

残り僅かな余生。もうこれ以上悔いのないよう、残された時間で今の人間関係を大切にしよう。冥土へと旅立つまで精一杯、今の自分でできることをがんばろう。

そんな気持ちで、店の掃除やまかない作りに精を出す望美だった。

備前焼の皿には、海老の多く交ざった黒褐色の洋風焼き飯。上には錦糸卵、脇にはコールスローサラダが添えられている。

「あ、これってえびめしですよね」

えびめしは、真っ黒な色が特徴的なご当地グルメだ。懐かしさを感じる甘いソースと海老の香りが入り混じり、彼の鼻先をくすぐった。

「今日は休日でお客さんも多かったですしね。疲れてお腹が空いたでしょう。店長、しっかり食べてくださいね」

「じゃあ遠慮なく」と真幌はスプーンを手にした。

何度も「おいしいです、凄くおいしい」と言いながら、ほおばる真幌。

「店長に喜んで頂けて、とても嬉しいです」と望美の頬がほころぶ。

「これって手作りなんですか。こういうのってお店のメニューかと思っていました」

「本当は秘伝のソースらしいんですけど。ウスターソースとケチャップと市販のハヤシライスソースを混ぜて、見よう見まねでやってみたんです。バターで風味を出したのがポイントです」

食事を終えナプキンで口元を拭う真幌に、望美は食後のコーヒーを差し出す。

「すごく香りがいい、上手に淹れられていますよ」

「そう言って頂けて嬉しいです。ちょっと店長の味を真似てみたんです」

真幌の喜んだ顔が見たくて、密かに自宅アパートで色々と研究していたのだ。

元々料理は得意な望美。実父の死後、家計を支えていた母親の代わりに家事を引き受けていたからである。

真幌は感心しながら「へえ」と何度も頷いた。

◇

翌日。望美の料理の腕を見込んだ真幌は、以前行っていたランチの提供を再開したいとの意思を伝えた。

「え、あたしがお客様にお出しするお食事を？」

「この店は飲食店営業許可も取得していますし。一応、僕が食品衛生責任者なんですけど。現状では資格の持ち腐れですからね」

料理は好きだけど、自分にそんな仕事が務まるのだろうか。だけど興味はある。なにより少しは真幌とこの店の役に立てそうだと、望美は思った。

「本当に、あたしなんかがいいんですか」

――あと一ヶ月しかここにいられないのに。店長も、それを当然分かっているはずなのに……。

真幌はこくりと頷いた。

メイド兼シェフとして厨房で腕を振るうことになった望美は、食材の下ごしらえをしながらため息をついた。ママカリの酢漬けを小鉢に移し、唐揚げ用の鶏肉に下味をつける。

母は料理が好きだった。ママカリも唐揚げも、母が作ってくれたから、好きになった。

先日、美観地区巡りをした時に乗った高瀬舟で、家族三人の幸せだった光景を思い出したからだろうか。望美の脳裏に再び、あの頃の記憶が蘇る。

あの日は舟を降りた後、三人で大原美術館の隣の新渓園《しんけいえん》に行って――。

「わぁ、美味しそう！」

紅葉が美しい日本庭園の東屋《あずまや》で、家族三人で弁当を広げた。

「いっぱい食べなさい。望美の好きな唐揚げ、沢山作ったから」

「うん。ありがとう！　あ、ねえねえ、おとうさん」

唐揚げを口いっぱいに頬張りながら、幼い望美が無邪気な声を出す。

「今年のクリスマス、サンタさんなにくれるかな？」

「まあ望美ったら、気が早いわね」

晩秋の風情ある幻想ロマンよりも、クリスマスが待ち遠しくてしょうがない望美だった。

「そうだな。久しぶりの連休だし、明日は天満屋にも行ってみるか」

例年この時期は、岡山市内の老舗大型デパートに家族三人で出掛けて、望美の欲しいプレゼントを選ぶ。決まればそれを手紙に書いて、父からサンタさんへと届けてもらう。それが逢沢家のお約束だったのだ。

「やったー！　うん、行く行く。あとケーキは切ったのじゃなくって、イチゴがいっぱいの丸くて大きいのだからねっ」

「ほんと、望美は食いしん坊なんだから。はい、おとうさんにはこれ」

母がタッパーを父に差し出す。

「おっ、ママカリの酢漬けか」

岡山の郷土料理で父の好物だ。ママカリはイワシなどと同じニシン科の小型の青魚。作るのに手が掛かるので普段はあまり食卓に並ばないが、ここぞという時に出す母の得意メニューだった。

「美味しくて、ご飯がどんどん進むんだ。あっという間に家のおひつが空っぽになって、飯《まんま》をご近所さんに借りに行く。それがママカリという名前の由来なんだよ」

「ふーん」

おむすび片手に父は、蘊蓄交じりでママカリをどんどん口に放り込んでいく。

「この酸味と甘味の絶妙な調和がたまらない。流石だ、本当におかあさんの料理の腕前は、天下無双の唯一無二だよ」

「ほんと、おとうさんはいつも大げさなんだから」

照れくさそうに笑みを浮かべる母に、母の料理がいかに素晴らしいかを力説する父。そんな仲睦まじい両親の姿を見ながら、望美はもうひとつ唐揚げを頬張った――。

はっと気がつくと、望美の頬を涙が伝っていた。

「……いけない。仕事、仕事」と、望美は軽く両手で頬をはたいた。


ランチタイムの軽食ながらも、望美の作る地元の食材を使った郷土メニューは、観光客たちに好評を博した。特にママカリの酢漬けは年配の来客に喜ばれた。

夜。閉店時間の間際になり、ようやく客足が途絶える。

「ふう」

目をしばたたかせる真幌。顔色も悪い。見るからに睡眠が充分に取れていない様子だ。

「店長。夜の業務って今夜も予約が？」

「ん、ええまあ二件ほど」

「昼に夜に働き過ぎなんじゃないですか。本当にご無理なさらないでくださいね。あたしでよかったら、いつでも残業……」

「本当に大丈夫ですから」

ぴしゃりと言い放つ真幌。その口調の強さに、びくっと望美の体に震えが走る。疲れているせいだろうか、真幌からは隠しきれない苛立ちが滲み出ている。

「ご、ごめんなさい。あたし……」

「望美さん。申し訳ありませんが、夜の業務に関しては干渉しないで頂けますか」


帰宅途中の電車の中で、望美はぼんやりと窓の外を見つめていた。見慣れ始めた倉敷市街が暮れなずむ。

「やっぱり、足手まといでご迷惑なんだよね……」

おもわず言葉が漏れてしまう。だけど生霊の彼女の声は車内の誰にも届かない。

先日から、どうも真幌の態度がよそよそしい。業務上の会話しかなく、それすらもぎくしゃくしている。

結局どうあがいても、生霊の自分では店の役に立てない。自分の余命はあと僅か。所詮は期間限定のアルバイトなのだ。

真幌に対して申し訳ない気持ちで胸がいっぱいになる。これからひとり寂しく死んで行く自分に、同情をして雇ってくれたというのに。あるいは死神の片棒を担いで、望美から魂をもらおうとしていることに、真幌自身が責任を感じてのことだろうか。

同じ職場の一員として、役に立ちたい。どうにか店長の力になりたい。昼に夜に身を粉にして働く多忙な店長のことを、少しでも楽にしてあげたい。

以前、忍が言っていた真幌の抱える過去。その悩みを理解して、彼の心の痛みを和らげてあげたい。そのために、今の自分にできることはなんだろう。

「よし」

望美は電車の窓に映る自分に向かって頷いた。

◇

翌日の夕方、店じまいの時間だ。

望美は表に『本日閉店』の札を掛けた。引き戸を中からがらりと閉める。

真幌はいつものテーブル席だ。帳簿に目を通しながら、望美の入れたコーヒーを啜っている。

業務を終えた望美は、意を決して真幌に声を掛けた。

「店長、折り入ってお願いがあります」

「冥土の土産がとうとう決まったのですね」

「あ、いえ、それはまだ……」

「でしたら？」

真幌の総白髪の奥の瞳を、じっと見つめながら望美は言った。

「店長、あたしに夜のサービスをさせてください」

ぶはっと真幌がコーヒーを吐く。「えええっ？」と目を点にして驚いている。

――あ、しまった。言葉が足りなかった！　や、やだ、店長さんってば、えっちな誤解しちゃってる……。

自分のおもわぬ失言に対して、耳たぶまで真っ赤になる望美。

彼女はコホンと咳払いし、改めて言い直した。

「店長、あたしに夜のサービス残業をさせてください」

◇

翌日の午後七時。

店の表には『本日閉店』の札が掛けられている。冥土の土産屋の営業時間だ。

「……望美さん、本当にいいんですか」

薄暗い店内の中、怪訝そうな表情で真幌が問う。

「はい、改めてよろしくお願いします。店長、あたしがんばります！」

しばらくして誰かが表の扉をがらりと開ける。そこには顔色の悪い高齢の女性の姿が。

今晩、最初の客だ。

「いらっしゃいませ！」

昼間と同じく茜色の和装メイド服姿の望美は、その女性に向かって元気よく挨拶をした。続けて深くお辞儀をする。

「ようこそ、まほろば堂へ。表は寒かったでしょう。では、ご案内致します」

望美は女性の手をそっと引き、店の奥のテーブル席へと導いた。


こうして望美は、まほろば堂の夜のメイドとしても勤務することになった。

夜の仕事には関わらせたくない。そう渋る店主を強引に口説き落としたのだ。

倉敷駅からの最終電車に間に合う時間までのサービス残業。その分、朝は少し遅めの出勤とさせてもらった。

余命僅か半月だというのに、自分は一体何をやっているのだろう。だけどひとりアパートで何もすることなく、ただ死を待つだけの無職で孤独な生活よりは遥かに気が紛れる。

業務内容は言うまでもなく接客。店主と共に話を聞いてあげたり、お茶とお菓子を差し出したり。生死の狭間で彷徨える魂を、店主のサポートをしながら、心を込めておもてなしをする。それがメイドである彼女の、新しい夜の仕事だ。

今も、面談する店主と客の話を、望美は少し離れた位置から聞いている。テーブルの上には雪洞の和風ペンダントライト。薄暗い店内に仄かな橙色の光が灯る。

「店長さん。私、殺してほしい人が二人いるんです」

今宵の来客は棚橋《たなはし》恭子《きょうこ》。二十代後半のＯＬの生霊だ。

恭子には職場恋愛中の婚約者がいる。彼の名前は森田《もりた》隆志《たかし》。ふたつ年上の営業課のエースでルックスも精悍《せいかん》。さらに気配りのできる優しい性格で、女子社員からの人気も高い。

恭子は彼と幸せな日々を育み、来年の春には結婚して薔薇色の未来を迎えるはずだった。にもかかわらず先日、後輩の女性社員から「彼はあたしともお付き合いしているんです。悪いけど先輩には渡しません」と突然詰め寄られたのだ。

結婚に向けての準備を進める中、軽いマリッジブルーに陥っていた恭子は、いつもなら信じるはずもないその言葉に、激しく動揺した。

というのも先日、偶然見てしまったからだ。隆志のスマートフォンの通知画面に、目の前の後輩からの、次のデートの日時を確認するようなＬＩＮＥメッセージが届いたのを。

その後、恭子はその後輩に、社屋の外にある非常階段に呼び出された。そこで口論になった挙句に揉み合いとなり、足を滑らせ転落。脳挫傷で意識不明となり、現在は集中治療室で昏睡状態だ。余命はあと二日と差し迫っている。

「あの女、勝ち誇ったような顔で、自分の横で眠る彼の画像を見せつけてきたの。彼のこと、信じていたのに……来週末には、結婚指輪だって決めに行く予定だったのに。その裏で私のこと『結婚に浮かれてバカみたいな女だ』って笑ってたって……ねえ、店長さん。こんな目にあって、どうして私、一人で死ななきゃならないんですか！」

次第に恭子の声が涙交じりの叫びへと変わっていく。

「あの二人が幸せになって、私だけが裏切られたまま、あと二日で死ぬなんて。そんなのあんまりじゃない。もっといっぱい、やりたいことだってあった。だから、だからお願いじゃけえ、あの二人、死ぬほど辛い目に合わせて、嬲《なぶ》り殺して！」

客に失礼にならぬよう心の中で、望美は深くため息をつく。

――ふう、思っていた以上に精神的にしんどい仕事だなあ……。

真幌をちらと見る。彼は真摯《しんし》な表情で恭子の顔をじっと見ている。反論や説得などといった余計な口は一切挟まず、魂の声にそっと耳を傾けているのだ。

――店長さん、毎晩こんなきつい業務をこなしているんだ。しかも、たったひとりで。

絶命寸前の人々の思念がこうやって生霊となり店を訪れる。その数は一晩で概ね二、三組。面談時間はひとり約一、二時間。面談は一夜では終わらず、客が納得するまで何度も繰り返し行うそうである。

「……殺して……殺してください……」

しゃくり上げながら俯く恭子。テーブルにぽたぽたと涙をこぼす。

「……あんなに誠実で優しかったのに。彼に限って……浮気なんて絶対する人じゃないのに……恭ちゃんだけを生涯愛し続けるって……いつも言ってくれていたのに」

彼に限って。残念だけどそれは、よくある惚れた側の決まり文句ってやつだよね……と望美は思った。

「殺してください……」

彼女がひと通り喋り終えた後、真幌は静かに言葉を掛けた。

「胸中お察し致します。お客様のとてもお辛い心情、本当に胸に刺さります。ですが人の寿命を決めるのは、人ではありません。すべては神が定めし運命です。ですので――」

「――だから人殺しは冥土の土産としてはルール違反、って言いたいんですよね……分かりました。ごめんなさい、大人げないこと言っちゃって……」

真幌は「ご理解ありがとうございます。痛み入ります」と頭《こうべ》を垂れた。

しばしの沈黙の後。真幌は恭子を刺激しないよう、ゆっくりと言葉を選んで返答した。

「契約書へのご署名はまだ結構です。これまでお伺いしたご要望を吟味した上で、お客様に最良の冥土の土産をご用意致しますので。つきましては、少々お時間を頂けますでしょうか」

「時間……ってどれぐらいですか」

「ご足労をお掛けしますが。明晩、改めてもう一度当店にお越しくださいませ」

困惑する恭子に対して、店主はじらすように結論を先延ばしにした。

恭子が店を立ち去った後、店主はスマートフォンを取り出した。

「もしもし、真幌ですけど——」

◇

「忍さんっ、スピード出しすぎっ！　怖いっ、怖いですよーっ！」

「あーん、なんか言った？」

翌朝、後部シートで絶叫する望美。彼女は今、忍のバイクでライダーのスリムな腰に手を回している。

通勤ラッシュの倉敷市街を颯爽と駆け抜ける黒い躯体《くたい》。望美は涙目で忍の背中にしがみつく。

「悪いね望美。アンタを連れていった方が仕事が早いかと思ってね。真幌はメチャ渋ってたけど。『彼女を余計な業務に巻き込まないでください』って」

「い、いえ、お手伝いするのは全然構わないんですけど……それよりスピード……」

「時間がないんだ、急ぐよ」

市道の交差点でハングオンを決める忍。カワサキＮｉｎｊａ４００が大きく傾く。

コーナーを抜けると同時にフルスロットル。爆音が上がる。

「きゃー！」

「着いたわよ」

後部座席でうなだれたままの望美は、ぜいぜいと息を切らせながらヘルメットを脱ぐと辺りを見渡した。

「……ここは？」

岡山市内中心部にある総合病院の駐車場だった。


「どう望美、似合う？」

ひと気の少ない患者用トイレから出てきた忍を見て、望美は唖然とした。

ナースのコスプレだ。ドヤ顔でセクシーなポーズを決めるモデル体型の忍。

「どうって、確かにめちゃ似合ってますけど……ていうか、なんであたしまで」

そういう望美も同じナース服を身にまとっている。いつもの和装メイド服から忍に無理やり着替えさせられたのだ。

言うまでもなく、この病院の女性看護師用の制服だ。先ほど忍がこっそりどこかから二着、拝借してきたものである。

「あたしは生霊で誰にも姿が見えないんだから、別に着替える必要なんて……」

「まあいいじゃん。その方が雰囲気出るでしょ。サービス、サービス」

彼女はニヤリと笑って望美に耳打ちした後、軽くため息をついた。

「それにしてもあの彼女、『自分の死にそうな姿なんて怖くて見たくもないし、彼の顔も二度と見たくない！』って言っていたそうだけど。本当は本人がここへ来て、自分の目であの彼氏の様子を見てくれれば、話は早いんだけどねえ……」

ぼやきながら忍は、恭子のいる集中治療室へと向かう。その部屋の前では、恭子の婚約者がうつろな表情で椅子に座り込んでいた。

◇

その晩。いつものテーブル席にて、再訪した恭子に店主の真幌は恭しく桐箱を手渡した。

「お気に召して頂けるとよいのですが」

恭子が「これは？」と怪訝そうな顔をする。

「この箱の中に、お客様の冥土への旅立ちを安らかに導く、真実の道標《みちしるべ》が納められているのです」

いつもの調子で、まわりくどい口調の真幌。

「もったいぶらないで、早く教えてください。私には時間がないの」

しびれを切らした恭子は桐箱をひったくり、ふたを開けた。その目が大きく見開かれる。

「これは……なによこれ、これが冥土の土産だって言いたいの？」

「はい」

桐箱に納められていたのは、使い古された黒いスマートフォンだった。

「これって隆志の……。どうやって」

「当店には隠密のスタッフがおりまして。彼女に助力してもらいました」

忍のことだ。集中治療室の前にいた彼のポケットから、看護師に変装した忍が持ち出したのだ。事前にパスコードもこっそり背後からチェックしてある。そのチェックは隆志からは姿の見えない望美がすることになったが、いくらすぐに返却する予定とはいえ、これはどう考えても犯罪すれすれでは……と自分たちのした行動を思い返すと、今でも頭の痛い望美だった。

「ロックも解除してあります。ここから先は、我々は目を通していません。そして本来は、婚約者の方のスマホを勝手に見るなど、おすすめすべきではないことは承知しております。ですが、恭子様にはどうか、ご自分の目で真実を確認した上で、冥土の土産をどうなさるのかのご判断をして頂きたいのです」

説得する店主に促され、恭子はためらいながらも、ＬＩＮＥのボタンをタップした。

【久美《くみ》】『ねえ、いつになったらふたりっきりで飲みに連れてってくれるんですか？』
【隆志】『ごめんね。そういうのは無理だよ。俺には婚約者がいるんだよ。君もよく知ってるだろ。恭子は君がいつも世話になっている先輩じゃないか』
【久美】『ええ、だから恭子さんに電話しちゃいますよぉ。「あたしだって隆志さんの彼女なんです。だからそっちこそ別れてください」って』
【隆志】『おい、そんな根も葉もないデタラメはやめてくれよ。そもそも俺と君は全然そんな関係じゃないじゃないか』
【久美】『さあて、恭子さんがそれを信じるかしら？』
【隆志】『とにかくもうやめてくれ。これ以上この話が続くならブロックさせてもらう』
【久美】『隆志さん、知ってます？　証拠ってね、今はいくらでも作れるものなんですよ。ほら、よくできてるでしょ』
そこには、恭子の見せられた眠る隆志の画像があった。
【久美】『ブロックなんてしたら、これ、速攻で恭子さんに見せちゃいますね♡』
「これって……まさか……」
ログの日付は恭子が病院に運ばれた三日前となっている。

どうやら恭子の婚約者である隆志は、相手の女性である久美に一方的に言い寄られていたようだ。それで久美はふたりの仲を裂くために、本当に恭子に接触してきた。ふたりの関係を疑わせるフェイク画像まで用意して。

「恭子様のお話を聞いている限り、婚約者様はとても誠実な方であると感じました。なのにどうしてこのような経緯に至ってしまったのか。ですからここは、当事者である恭子様が、事の真相をしっかりと確認する必要があると思い、余命幾ばくもないお客様の貴重なお時間を頂戴した次第であります」

「そうだったんだ。私の為に……でも、どうしてそこまで」

「昨夜の恭子様はこう仰っていました。『浮気なんて絶対する人じゃない』と。ですから」

「だから……私の言葉を信じてくれたってこと……」

真幌は恭子の心の声にしっかりと耳を傾けていた。しかし望美は『彼に限って』という言葉を、よくある常套句だと聞き流した。そんな自分を望美は少し恥じた。

「ねえ、インターネットの履歴とかって……見ちゃっても、良いかな……」

恭子は自分に問い質しながら、スマートフォンの画面をＷＥＢブラウザに切り替えた。

「あっ！」と、おもわず恭子の口から声が漏れる。

それは自殺マニュアルのサイトだった。そして履歴に残る、いくつもの後追い自殺関連の記事。血相を変えて、それらの画面を食い入るように見つめ、恭子は叫んだ。

「だめ！　やめてお願い。そんなの、ぜったいだめじゃけえ！」

椅子から立ち上がり、恭子は真幌の袖にすがりつく。

「ねえ、隆志はここで死んじゃう運命なの!?」

「そのような情報は今のところ特には入ってきておりません。ただ、結果として未遂に終わったとしても、婚約者様は更に深い傷を負われることになるかと。心にも、体にも」

「店長さん、お願いです。冥土の土産に、隆志と最期のお別れの会話をさせて。何も悪くない彼を勝手に疑って、こんなことになってしまった馬鹿な私の後を追おうとするなんて真似を絶対にさせないように、私、彼を説得しないと」

真幌がじっと恭子を見つめる。

「恭子様の冥土の土産。その内容で本当によろしいのですね」

「はい」

「承知致しました。それでは死亡予定時刻の直前に婚約者様の立会いの下、恭子様の意識が一時的に回復するよう手配致します」

万年筆と共に契約書を差し出す真幌。恭子は速やかに署名をした。

記帳を確認した真幌は、恭子の目をまっすぐに見て締結の言葉を唱えた。

「冥土の土産にひとつだけ、あなたの望みを叶えます」

【契約書　私の魂と引き換えに、婚約者である森田隆志が後追い自殺をしないよう最期のお別れをさせてください。二〇XX年十一月XX日　棚橋 恭子】

「ご成約、まことにありがとうございました」

店頭でメイドの望美が深々とお辞儀をしながら客を見送る。

「こちらこそ早まって馬鹿げた過ちを犯さずに済んだわ。親切な店長さんのおかげね。それにあなたも。本当にありがとね」

「いえ、あたしは何も」

「あなたも、もし好きな人がいるなら、私みたいになっちゃだめよ」

そう言い残して、恭子は店の外へと暖簾を潜った。

「ま、またのお越しをお待ち……って言うの、ちょっと変じゃろおか」

契約を交わしたことで、気持ちに一区切りはついた。けれど、この先二度と彼と共には生きていくことができない。

そんな切なさを、店を立ち去る恭子の細い背中から感じる望美だった。

「まーったく、なにトロトロやってんだよ！」

びっくりして振り返ると真幌が少年の姿になっていた。いつの間にやら黒猫マホに憑依されたのだ。

「真幌はいつも仕事がチンタラ遅すぎる。こんな調子じゃあ同業者に契約を横取りされちゃうじゃんか」

ぶかぶかの藍染着流し姿でぼやくマホ。手足をばたばたさせながらお説教をはじめる。

「ほんと甘ちゃんで困るよ。まったく、じいさんの時はこんなじゃなかったのに」

「おじいさまの時って……それって昔のまほろば堂のこと？」

「そうだよ。だいたい、あんなまどろっこしいことしなくても。じいさんみたいに神《ボク》の力をもっと上手に活用すれば、仕事がちゃっちゃと片付くのにさ。なのに、あいつったら意固地になって全然使おうとしないんだよね」

◇

――店長のおじいさまって、昔のまほろば堂ってどんな風だったんだろう。

客の使用済みのビールグラスとご当地ビール『独歩《どっぽ》』の瓶をお盆に乗せながら、望美が心の中でつぶやく。

昨夜、マホの口から少しだけまほろば堂の昔話を聞いて以来、謎のベールに包まれた店の成り立ちが再び気になってしょうがない。

いつものように生霊との面談を終えた真幌は客の退席後、望美に声を掛けた。

「人の心の裏側を見てしまう仕事だから、横で聞いていてキツいでしょう。望美さんには昼間の業務も手伝って頂いているわけですし、本当に無理しなくていいんですよ」

「いえ大丈夫です。それに、始めたばかりの新米メイドですけど。あたし、この仕事に意外とやりがいを感じているんですよ」

「やりがい、ですか」

「ええ。だって夜のお客様は昼間と違ってあたしの存在を、あたしがここにいることを、ちゃんと認めてくれるじゃないですか」

精一杯の笑顔を作って望美が言葉を続ける。

「それがなにより嬉しいんです。なんか生きているなって実感が湧くんです。って、余命半月のあたしが言うのも変ですけどね」

自虐ネタを口にしながら、望美はえへへと笑う。

「それに、みなさんのお話を聞いていたら、自分の冥土の土産選びの参考にもなりそうですし」

半分は本当で半分は嘘だ。

たしかに、人間の心の底の欲望を目の当たりにするのは正直きつい。生死に関わる悲しみや憎しみがそこにはあるからだ。

だけど、こうやって真幌の仕事を傍で見ていたら。優しい彼が何故、死神の片棒を担いでいるかのヒントが見えて、少しは彼の気持ちに近づけるかもしれない。彼の心の痛みを分かち合うことができるかもしれない。そんな思いで、望美は夜のサービス残業を自ら志願したのだ。

「やりがいのある仕事。そう言って頂けると救われます。望美さんの冥土の土産選び、よいものが見つかるといいですね」

そう言った後、ふああとあくびをする真幌。「あ、失礼しました」とすぐさま謝る。

「店長、疲れていらっしゃるんですよ。飛び込みのお客様がいらっしゃったら、あたしが対応しておきますので。店長は奥で仮眠を取ってください」

「ありがとう。じゃあ、お言葉に甘えて少しだけ」

暖簾を掻き分け、真幌は店の奥へと姿を消した。

その場にひとりぽつんと残った望美。自分の寿命はたったのあと半月。だけど、それでも少しは役に立ちたい。

倉敷帆布の藍染暖簾に視線を向けて、ぽそりと呟く。

「店長。あたし、お役に立てますか？」

◇

望美は、茜色をした和装メイド服の帯をぎゅっと締めなおした。

「店長、起きてこないなあ。熟睡しているのかしら」

翌朝。望美は店主を呼びに行こうと、店内奥へと繋がる藍染の暖簾を潜った。

スマートフォンでの呼び出しにも応じない。運悪くバッテリが切れている模様だ。

昨夜の真幌は結局その後、目を覚まさなかった。日頃の睡眠不足でよほど疲れていたのだろう。だから望美はそのまま戸締りをして帰宅したのだ。

薄暗い廊下。古民家の年季の入った床がみしりと軋《きし》む。突き当たり右側が浴室などの水回り。たしか左側の階段を上って直《す》ぐが寝室のはずだ。

木製の引き戸をノックするが返事はない。そっと戸を開け中の様子を窺う。

「おじゃまします……」

六畳の和室。そこには白い布団の上で熟睡している真幌の姿が。電気は消えている。古びた焦げ茶色の木の本棚に座卓。他は布団といった飾り気のない部屋だ。

座卓の上に何か飾られている。写真立てのようだが、日当たりの悪い北向きの部屋なので、薄暗くてよく見えない。

藍色の和風カーテンの隙間から差し込む朝の光が、真幌の白い顔を僅かに照らす。

「綺麗」

長いまつげにすっと通った鼻筋。日本人離れした端整な顔立ちだ。その美しさに望美はおもわず息を呑む。

「って見惚れてる場合じゃないわ。早く起こさないと」

布団の脇にしゃがみ込み「店長、朝ですよ。起きてください」と肩を揺する。真幌は
「う……ん……」とつぶやきながら両腕を伸ばした。

「……え？」

寝巻姿の真幌の長い両腕が望美の首筋に絡みつく。そのまま望美は引き寄せられた。

——えっ？

床の上で、望美の小さな体が大柄な真幌の腕に包まれる。

望美の顔が、かあっと耳たぶまで赤くなる。真幌が「少しだけ……」と耳元で囁く。

——えっ？　えっ？　えっ？

「だから、少しだけ…………」

——ちょ、ちょっと待って店長さん。そんな、あたし……。

瞳を閉じたままの彼の唇が、望美の顔にゆっくりと迫る。鼻と鼻が触れ合う。息が掛かってこそばゆい。早鐘のように鼓動が高鳴る。

「もう少しだけ…………みーちゃん…………」

真幌は誰かの名前をつぶやくと、そのまま望美の顔の横にある枕に顔を埋《うず》めた。

——…………は？

望美はハッと我に返った。どうやら彼は夢を見ていたみたいだ。布団に横たわったまま、真幌の長い両腕を払い除《の》ける。同時に「う……ん」と真幌が唸った。

「店長……」

「ん、あ、のぞみさ……んんん！」

自分の隣で硬直したまま横たわる和装メイド服姿の望美。そんな彼女の姿を見て、彼は飛び起きた。慌てて布団から離れ、望美と距離を取る。その背中が座卓にぶつかり、何かがパタンと倒れる音がした。

「望美さん、どうしてここに……僕はなにを……」

乱れた髪を整えながら望美が体を起こす。

「あの、店長が朝になっても起きてこないから……あたし……それで……」

「……望美さん、店主の身でありながら朝寝坊してしまい、大変申し訳ございませんでした。ですが」

真幌は視線を逸らし、言葉を続けた。

「無断でプライベートな空間にまで入って来ないでくれませんか」

「……そうですよね。申し訳ございませんでした……」

望美は深々と頭を下げると、速やかに部屋を出た。

メイドの退出を見届けると、店主は布団の上に座り込み、己の白髪を掻き毟った。

店舗へと向かう薄暗い廊下で、望美はぽそりとつぶやいた。

「みーちゃんって……昔飼っていた猫とか？　それとも……」

◇

ぼおんと古時計が鳴る。時刻は夜の十時半。

深夜のまほろば堂、茜色の和装メイド服姿の望美は、ほうきを持って清掃中。店主の真幌は奥で仮眠中だ。

「望美、アンタさあ。真幌となんかあったでしょ」

カウンター席に陣取る忍が望美に話し掛ける。

「え、なんで分かるんですか」

「ふふっ。おねえさんは、なんでもお見通しなのよ」

黒いライダースジャケットを纏《まと》った長い手を、ひらひらとさせる忍。

なんでもお見通し。望美は勘繰《かんぐ》った。死神の黒猫少年がするのと同じく、魔力で心を覗き見されたのだろうかと。

「ていうか、顔にそう書いてあるわよ」

見透かしたように忍が言う。言葉を続ける。

「アンタ、すぐ顔に出るから。けっこう分かりやすいねって人に言われるでしょ」

「はあ……」

そもそも、そんなに親しく突っ込んでくれる仲間や友人や家族が自分にはいなかった。そう考えると、更にどよんと虚しくなる望美だった。

「ふしゃあ」

梁の上では黒猫がのん気にあくびをしている。忍がチッと舌打ちして、吹き抜けの高い天井をきっと睨む。

そうこうしている間に、まほろば堂の扉ががらりと開いた。

「あの、こんばんは」

四十代前半ぐらいの痩せた男性が入店する。職業は工事現場の作業員だろうか。くたびれた泥まみれの作業服を身に纏っている。

「あ、いらっしゃいませ」

望美が接客しようと声を掛ける。男の頬はこけていて顔色も悪い。明らかに生霊だ。今晩の予約はもう入っていない。飛び込みの客のようである。

男は望美に軽く会釈をすると、忍の傍へと歩を進めた。どうやら忍を店主と思い込んでいる様子だ。

「あの……このお店って、自分の魂と引き換えに望みを叶えてくれるんですよね」

「そうよ。どこで店の噂を聞いたか知んないけど、話が早いわね。んじゃあ、事情聞くからこっちに座って」

忍が顎でテーブル席に座るよう促す。男がそれに従う。

「で、アンタ独り身？」

「いえ、もうすぐ十二歳になる娘とふたり暮らしです」

望美は、はっと息を呑んだ。十二歳。自分が父と死別したのもその頃だった。

「ふーん、で？」

「自分は事業に失敗して、多額の借金を抱えまして」

「ふうん」

「今は娘を学童保育に預けながら、派遣の現場作業員をしているのですが。まったく返済が追いつかなくって。なので最近は、自殺も頭をチラついて……」

「で、死亡保険金で借金返済とか？　まあ、よくあるハナシよね」

まるでデリカシーのない返答をする忍。

「とはいえ、幼い娘を一人残して、父親である自分が死ぬわけにもいかないですから。……なのに」

聞けば男は、中層ビルの工事現場で、慣れない高所作業中に足を滑らせ、地面へと転落したのだそうだ。前回の客の棚橋恭子や望美と同じく、現在はＩＣＵで瀕死の状態である。

「ふーん、まるでだれかさんと同じじゃん。そうやって『いっそ死ねたら……』なんて言って普段からうじうじしているから、死神に足をすくわれちゃうのよ。自業自得だわね」

イジワルそうな表情で、忍は望美を見る。仰る通りだ。ぐうの音も出ない。ともあれ忍の大雑把で横柄な接客に、望美は少々不安になった。

「あ、あたし、店長を呼んできますね」

ほうきを持ったまま望美は、店の奥へと続く藍染暖簾を潜ろうとした。

「あ、いけない」

部屋に入ってはいけないと今朝、注意されたばかりだ。立ち止まり、エプロンのポケットの中のスマートフォンへと手を伸ばす。

背後から、男性客と忍の会話の続きが聞こえて来る。

「もちろん魂はこの店の死神様に差し上げます。ですので冥土の土産に娘の母親を……」

娘の母親。その言葉に望美の聴覚がぴくりと反応する。

顔色の悪い男は、悲壮な表情で言葉を続けた。

「死んだ妻を蘇らせてください」

「それで亡くなった奥様に生き返ってもらって。冥土に旅立つ自分の代わりに、娘さんを育ててほしい。ということですね、中森省吾《なかもりしょうご》様」

忍とバトンタッチしてテーブル席に着いた真幌が、丁寧な口調で問い掛ける。

「ええ、そうです」

中森と呼ばれた男性客は、頷きながら静かに答えた。

「どうぞ、お召し上がりくださいませ」

横から望美が、おもてなしのお茶とお菓子を差し出す。

「恒枝《つねき》茶舗のほうじ茶です」

望美の言葉を真幌が引き継ぐ。

「恒枝茶舗はここ倉敷美観地区で、昔ながらのほうじ茶づくりをしている老舗なんです。お茶を焙《ほう》じる時の煙が、とてもいい香りなんですよ。『お茶の香りが美観地区いっぱいに広がっている』と、観光に来られる方々や地域の人々に好評なんです」

へえと小さく呟きながら、望美は続けてカウンター席の忍にも差し出した。

「忍さんもどうぞ」

「へえ。今日のお菓子は橘香堂《きっこうどう》の、むらすゞめか。アタシ、これ好きなの」

長い指先でお菓子を摘む。忍は、ぱくりとほおばった。

「んまーい！」

『むらすゞめ』は倉敷市名物の和菓子だ。クレープのような黄色い皮が特徴で、甘さを抑えた粒餡《つぶあん》とのハーモニーが絶妙なのだ。

「中森様も、どうぞお召し上がりくださいませ。むらすゞめの誕生した明治初年頃は、生菓子といえば餅菓子が一般的で――」

「いえ、結構です」

いつもの調子で蘊蓄交じりのおもてなしをしようとする真幌の言葉を、中森はぴしゃりと遮った。

どうやら、お菓子が喉に通るような心境ではなさそうだ。

「とりあえず、こちらだけ頂きます」

中森がほうじ茶をがぶりと飲み干し、話を続ける。

「亜紀《あき》は……娘は母親の顔を知らないんです。だから、どうしても母親に会わせてあげたいんです」

――たしか死者を蘇らせることはできないんじゃ？

残念そうに真幌が答える。

「申し訳ございませんが、死者を蘇らせることはできないのです」

――やっぱり。だって……冥土の土産として、それができるなら……。

自分がとっくに死んだ父親を蘇らせている。冥土の土産として大好きだった父にもう一度会いたい。そう切に思う望美だった。

「そんな、つれないことを言わないでくださいよ。こっちは命を懸けているんですよ」

「そう言われましても無理なものは……」

「無理を承知でお願いします！」

中森は震え声で叫んだ。

◇

「そうですか。妻が生き返って自分の代わりに……亜紀を育てることができないんだったら――」

【契約書　私の魂と引き換えに、娘の亜紀の未来を幸福にしてやってください。二〇XX年十一月XX日　中森 省吾】

翌晩。度重なる押し問答の末、中森は契約の内容をこう結論付けた。

書き終えると彼は、目に涙を浮かべながら万年筆をテーブルに置いた。

「ひと目だけでも、娘を死んだ母親に会わせてやりたかった。それがたとえ、幽霊でも構わないから――」

――可哀相だけど、それって絶対に無理……なんだよね。

望美はふと、黒猫マホとのやりとりを思い返した。

【「その時点で亡くなった本人が自ら望んで幽霊化していない場合は、それも無理。……だけど、それ以外でも一応例外はあるんだけどね」「例外って？」「ナイショ」】

――例外ってなんだろう。ていうかマホくんは、どうして内緒にしておきたいんだろう。単なるお得意のイジワルなのか。それとも……。

「ひと目だけでも……夢でも……幻でもいいから……」

真幌は、しばらく腕組みをしながら考え込むと、ゆっくりと口を開いた。

「承知しました」

――え？

「え？」

「このままでは、たとえ冥土の土産を受け取っても、まだ未練が残ってしまいそうですし。そこまで、どうしてもと仰るなら」

「本当ですか。あ、ありがとうございます！」

「今から書類をご用意致しますので、少々お待ちください」

真幌が、店の奥に引っ込む。望美は不安げに店主の背中を視線で追った。

――店長、どうするつもりだろう……。

しばらくして、和紙の書類を手に真幌は戻って来た。

中森に差し出す。その書類には黒い毛筆でこう記されていた。

『特約契約書』

「特約……契約書？」と中森が首を傾げる。

「ええ。死者の蘇りは通常の契約ではタブーとされています。ですが、実はこの書類に署名をすれば、特例として死者を現世に蘇らせることが可能なのです」

――ええっ、そんな特約があったんだ！　そっか。マホくんの言っていた「例外」って、このことだったんだ。

「ほ、本当ですか？」

「ええ。ただし、ほんの僅かな時間だけですが」

「僅かな時間……具体的には？」

「十分間です」

「ええっ？　そんな、たったの……」

――そ、そんな。たったのそれだけ？

「はい、冥土から現世に魂を返送することは、天界の秩序に背く行為ですから。それだけリスクが高い。いわゆる危険な橋渡しなのです」

「危険な橋渡し……」

「神の意向に逆らう背徳行為。ですから冥界審査で、あなたは地獄へ堕ちてしまうかもしれません。それでもよろしいですか」

「残された娘に……亜紀に危害は及ばないのですか？」

「それは大丈夫です。娘さん自身が神に背くわけではありませんので」

「じゃあ私がどうなろうと、亜紀の幸せは保証されるんですね？」

「ええ。先程、ご署名なさった本契約の効力で、それは間違いなく」

「……分かりました。その十分間、私の魂と引き換えに買い取ります。それで娘の亜紀をどうか母親と再会させてやってください」

「了解致しました」

中森は震える指先で、特約契約書と書かれた和紙に署名をした。

「にゃあおん」

頭上から黒猫の声がする。望美は天井を見た。

黒猫と視線が合う。爛々《らんらん》と輝く蒼い瞳。口元はニタリと笑っているかのように見える。

「中森様、これで契約は成立致しました」

【特約契約書　私の魂と引き換えに、娘の亜紀を死んだ妻の玲子《れいこ》と再会させてやってください。二〇XX年十一月XX日　中森 省吾】

署名を確認した真幌は、中森をまっすぐに見つめて言った。

「冥土の土産にひとつだけ、あなたの望みを叶えます」

◇

二日後の早朝。

小学校に登校前の中森亜紀は、いつもより早起きをして近所の酒津《さかづ》公園に訪れていた。

倉敷の公園といえば「ここ」というぐらい人気のファミリースポットで、休日ともなると大勢の人で賑わう。しかし平日の早朝である今はまるで人影もなく、静まり返っている。

父親が意識不明の重体になってからというもの、他に身寄りのない小学六年生の亜紀は、この公園近くの児童養護施設で一時的に保護されていた。

慣れない施設の生活。自分はこのままひとりぼっちになってしまうのだろうか。亜紀の胸は不安と寂しさで張り裂けそうだった。

そんな彼女の元に昨夜、昏睡状態で入院中のはずの父親から、スマートフォンにメッセージが送られてきたのだ。

『亜紀に会わせたい人がいるから、明日の早朝六時に酒津公園の東屋へ――』

そこにはそう書かれていた。

意識を取り戻したのかと慌てて返信するも、それ以降の書き込みはない。病院に電話で問い合わせても、目を覚ましてはいないとのことだった。

じゃあ一体、誰が。不思議に思いながらも、亜紀は父親の言いつけを素直に守り、この公園へと足を運んだのだ。

木枯らしが吹きすさぶ中、ひとり背中を丸めて歩く幼い娘の姿を、中森は遠目に見守る。

店主の説明によると、蘇った死者は、ひとりの人間としか対面させることはできない。具体的には当事者以外は半径五〇メートル以内に近寄ってはいけないそうだ。

その条件を破れば、関係者全員が地獄へと堕ちる。つまり娘も巻き添えを食ってしまう。だから店主は、ひと気の少なくてだだっ広い平日の朝の公園を、対面場所に指定したのだろう。なにかと制約が大きいが背に腹は替えられない。

玲子は亜紀が物心付く前に交通事故で他界した。小さな運送会社を営み始めたばかりの頃の出来事だった。

事故の原因は妻自身による居眠り運転であった。高梁川《たかはしがわ》の河川敷沿いの仮設ガードレールに突っ込み転落死したのだ。ロープで仮の縄を張っただけの簡素なガードレール。ここは今も整備が遅れていて、とても危険な状態なのだ。

彼女にはなにかと無理をさせていた。仕事に育児に家事に追われ、きっと疲れ果てていたのだろう。

――だから、玲子を殺したのは俺だ。

甲斐性なしで妻を働かせすぎのクズな亭主。俺がすべて悪いんだ。中森はそうやって今日まで自分を責め続けた。

娘は母親の顔を写真でしか知らない。にもかかわらず自分は仕事に掛かりっきり。ずっと娘を保育園や学童保育に夜遅くまで預けっぱなしだった。

仕事の忙しさにかこつけて、妻を亡くした寂しさや悲しみから逃げていたのだ。

娘にはずっと寂しい思いをさせてしまった。だからせめて、ひと目だけでも母親に会わせてやりたい。たとえ自分の魂が地獄へ堕ちることになっても。そう切に思う中森だった。


午前五時五十七分。亜紀は今、公園を横断する中央の遊歩道を歩いている。

中森がいる遊歩道から前方約五〇メートル先に、親水広場がある。その右奥側の東屋。そこが、まほろば堂の店主から指定された妻との待ち合わせ場所だ。

「あれは」

中森は女性の姿を確認した。すらりとした肢体。赤い花柄のワンピースに、つばの広いレースの帽子。生前、妻が好んで着ていた服装だ。彼女は東屋でひとり腰掛けている。

間違いない、妻の玲子だ。

「ほら、亜紀。あれがおかあさんだよ。さあ、会いに行っておいで。おとうさんは、ちゃんとここで見ているからね」

自分だって、もちろん妻と再会したい。会って強く抱きしめたい。そんな切ない思いを中森はぐっと抑えた。

亜紀が東屋へと駆け寄って行く。もう亜紀も小学六年生だ。ついこの間までヨチヨチ歩きだったのに。

中森は感慨深い気持ちになった。娘の成長の続きを見守ることができないのかと思うと、胸が張り裂けそうになる。

これから先も亜紀を守りたかった。でも死が確定してしまった今、その望みだけは叶わない。

「おかあさーん！」

亜紀の声がここまで聞こえた。女性が、東屋のベンチから立ち上がる。

中森の視界がじわりとぼやける。

「玲子……亜紀……」

込み上げる思い。愛する妻と娘の名を、交互に何度も口にする。

これでもう、思い残すことは何もない。もう、なにも――。

木枯らしが吹き荒れる酒津公園で。あふれる涙を拭いもせず、中森は遠く離れた遊歩道から、母と娘がしっかりと抱き合う姿を見守った。

◇

種松山《たねまつやま》にある倉敷市中央斎場。

数日後の午前中。灰色の空に冷たい北風が舞い上がる中、制服姿の亜紀が火葬場の煙突から昇る白い煙をじっと見上げている。

そんな様子を生霊の望美は、傍で密やかに見つめていた。

――亜紀ちゃん……。

母に続いて父をも喪《うしな》い、ひとりぼっちになってしまった幼い少女。そんな亜紀のことがどうしても気になって、店主の真幌に頼み半日休暇を取ったのだ。

亜紀は口元をきっと結び涙をこらえている。その両脇にはふたりの高齢者の姿があった。

「亜紀ちゃん、辛かったわね。でも、心配ないからね」

「そうじゃ、ワシらが付いとるけえのお」

涙ぐむ老紳士とその妻。亜紀は死んだ中森の妻の両親である祖父母に引き取られることとなったのだ。

ふたりとも身なりが良くて気品がある。玲子の両親はエリートサラリーマン家庭で裕福なのだ。一方で中森の両親は既に他界。そして彼は、当時勤務していた運送会社から独立し、事業を立ち上げようとしていた。

堅実を重んじる玲子の両親は当時、そんなふたりの交際を快く思わなかった。

やがて結婚を猛反対された生前の玲子は、駆け落ち同然で中森と結婚。以来、彼女は両親と絶縁状態となっていたのだ。

老夫婦が孫の亜紀と初の対面をしたのも、つい昨日のこと。中森の知人と名乗る倉敷美観地区の土産屋の店主から、中森の訃報と、孫の亜紀の存在を知らされ、急遽《きゅうきょ》駆けつけた次第なのだ。

「玲子、それに省吾くん……今まですまんかったのお。これからはふたりの分まで、ワシらが亜紀を幸せに……」

「ええ、私たちが……ちゃんと幸せに育てるけえ……」

音信不通となり、今まで初孫の存在すら知らずにいたことを、祖父母はずっと後悔していた。その分、忘れ形見となった孫を大切に育てると、亡き娘夫婦に誓うふたりだった。

「じゃけえ亜紀、気を落とさんようにのお」

「そうよ亜紀ちゃん」

「ありがとう。おじいちゃん、おばあちゃん――って呼んでもいいですか？」

遠慮気味に亜紀が言う。

祖父は「もちろんじゃとも」と受け答えた。祖母もうんうんと頷いている。

「あたしは大丈夫だから。だって、おかあさんと約束したから」

祖父母の顔を交互に見上げながら亜紀が言う。

「約束……とはなんじゃ」

「うん。あれは、もしかしたら夢だったのかもしれないけど……おかあさんね、その夢の中でこう言ったの。『おかあさんはね、おとうさんと一緒に天国で亜紀をずっと見守っているから。だから何も心配いらない。優しいおじいちゃんとおばあちゃんが、きっと迎えに来てくれるからね。ふたりの元で強く正しくまっすぐに生きていくのよ』って」

「亜紀ちゃん、玲子が……おかあさんが本当にそう言ったの？」

亜紀は祖母に向かってこくりと頷いた。

「玲子が……まさか……玲子が天国から……」

老夫婦の瞳から涙がこぼれ落ちる。

「だからね、おじいちゃん、おばあちゃん。あたしは大丈夫……だいじょうぶ……じゃけえ……」

泣き笑いの表情の亜紀。ここに来て緊張の糸が切れたのだろうか。今まで気丈に振舞っていた少女の白い頬に透明な心の雫が伝う。

「……だい……じょうぶ……だよ……じゃけえ……おとう……さん…………」

亜紀の声が嗚咽《おえつ》に変わる。祖父母は孫娘を両脇からしっかりと抱きしめた。

「……おとうさん……おとう……さん………」

幼い少女の泣く姿に、望美の胸に様々な想いがよぎる。どうしても目の前の亜紀と自分を重ねてしまう。あの時の辛く悲しい記憶が、脳裏を走馬灯のように駆け巡る。

――おとう……さん………。

望美の瞳からも、ぼろぼろと大粒の涙が溢れ出した。

◇

その晩のまほろば堂。壁の古時計が、ぼおんと午後十一時の鐘を鳴らす。

――はあ、特約契約書……か。

茜色の和装メイド服姿で店内を清掃中の望美が、ほうきを片手に心の中でため息混じりにつぶやく。真幌は近所の二十四時間スーパーで買出し中だ。

真幌の話では、死者の蘇りは通常の契約ではタブーとされている。しかしあの特約契約書に署名をすれば、特例として死者を現世に蘇らせることが可能だという。

死者と会える時間はたったの十分間。しかもその後は魂が地獄に堕ちてしまう可能性が高まると真幌は言っていた。

――でも、それでも……死んだおとうさんに、もう一度会えるんだったら。

望美の心が激しく揺らぐ。

――おとうさんに会えるんだったら……あたし……悪魔に魂を売ってでも……。

そんな悶々とする望美に、忍がカウンター席から話し掛ける。

「なによ望美、浮かない顔をして。せっかくあの親子の問題が解決したっていうのに」

「まあ、そうなんですけど」

「どうせアンタも特約契約書を使って、冥土の土産におとうさんと再会したいなあとでも考えているんだろうけど」

「えっ、どうして」と望美の顔がこわばる。

「図星って顔よね。ほんとアンタって分かりやすい子。でも、そんなの無駄だからね」

「え、どういうことですか」

カウンター席の丸椅子に腰掛けている忍が「だーから、むーだむだむだ無駄なのよ」と、のんきな口調で返す。

レザーパンツとブーツに包まれた、すらりとした足を組み、右手をひらひらとさせる。

そんな忍のデリカシーのない態度に、望美はむっとした。

「だからなにが無駄なんですか、忍さん」

キレ気味の彼女に、忍がしれっと言った。

「だって、あれインチキだから」

「……えっ？」と望美の目が点になる。

「そう、特約契約書なんて最初からこの世に存在しない。ぜーんぶ嘘っぱち。あれは、真幌がとっさに機転を利かせて、即興で仕込んだデタラメの書類なのよ」

「ええっ？」っと血相を変える望美。

「だから今回、まほろば堂が中森氏と交わしたのは本契約だけ。特約契約なんてしてないの。だって元々、あっちはただの紙切れなんだから。すべてはペテンのイカサマよ」

「だって、だって亡くなった奥さまは確かに冥土から蘇って、亜紀ちゃんと再会を。そんな奇跡を起こすには、どう考えても死神くんの魔力を使わないと……」

「だからぁ、それもインチキなんだってば」

「………………？」

「ていうか、亜紀ちゃんママの正体ってアタシだから」

「えーっ！」

絶叫する望美。忍がニヤリと笑う。

「そ、そんな馬鹿なことが……」

「アタシこう見えても若い頃、東京で女優やタレントの仕事をしていたことがあるのよ」

うふふと笑う忍。

「じょ、女優さんですか？」

東京帰り。それで忍の口調は標準語なのかと望美は思った。

敬語しか使わない真幌はともかく、忍の荒っぽい江戸っ子口調には少し違和感を覚えていた望美だったが、理由が分かって納得した。

「そう。だからお手の物なのよね、メイクもコスプレもお芝居も。むしろ早起きして朝の公園で待ち合わせの方が、夜型のアタシにはチョーきつかったわ」

しかし実際のところ、一体忍は何歳なのだろう。見た目は三十代前半から半ばぐらいだが、東京帰りの元女優ということならば、実年齢より若く見えるのかもしれない。ともあれ美人でスタイルもよい忍だ。彼女が女優だったという過去には、素直に納得できる望美だが――。

しかしである。どうして彼女は、いつも忍者さながらの隠密として、真幌の仕事をサポートするのだろうか。ふたりはどういう関係なのか。とにかく謎の多い女性だ。

「そんでまあ、あっちでいろいろあってさ。結局、地元に戻って転職したのよ」

何の仕事に？　そんな疑問符も浮かんだが、望美は取り急ぎ目の前のことを問い質す。

「……それにしても忍さん。話は戻りますけど、いくら変装メイクやお芝居が得意だからって、どうやって過去に面識もなく既に亡くなっている人の真似なんてできたんですか」

「ふふふ。先日こっそり中森家に忍び込んで、亜紀ちゃんママの生前の写真をチェックして、似たような服とメイクで変装したのよ。彼女ってアタシと体型が似ていたから、わりと変装しやすかったわ」

「こっそり忍び込んでって……それって」

「まあ、いいじゃん。堅いことは言いっこナシよ」

どうやらそちらもお手の物らしい。あまり深く考えるのはやめておこう……と望美は思った。

「それで、中森さんに半径五〇メートル以内に近寄ってはいけないって条件を」

「そうよ、流石に旦那さんにまじまじと見られるとバレちゃうだろうから。真幌が予防線を張ったのよ」

「それで結局、特約の方は……今回、未契約なんですね」

「そういうこと。だから神に背くような、危ない橋なんて最初から渡っていないの。アンタも中森氏も、死神との契約が成立して、死者が冥土から蘇ったと勝手に思い込んでいただけ。すべては真幌の仕掛けたトリックだったのよ」

真幌と忍の巧妙な芝居に、すっかり騙されていた望美だった。

「……騙されてたんだ。中森さん親子だけでなく、あたしまで」

「敵を欺くには、まず味方からっていうじゃない？　安心なさいな、本契約の方でちゃんと亜紀ちゃんの幸せだって保証されているんだから」

忍はニヤリと笑った。刹那、ガラリと扉が開く音がする。

「ただいまあ！」

死神の黒猫少年マホだ。ぶかぶか藍染着流し姿で店内に戻ってきた。

両手にはレジ袋を抱えている。どうやら真幌の買出しからの帰宅途中を狙って憑依した模様である。

「おっと、敵が帰ってきたわね」

忍の言葉に少年が、唇を尖らせる。

「ん、なんだよ敵って？」

忍は含み笑いを浮かべた。

「ふふっ、なんでもないわよ。ねー望美？」

「ええ、おかえりなさいマホくん」

「ちぇっ、なんだよみんなして。まあいいや、それよかさあ」

自分の顔をつんつんと指差しながらマホがぼやく。

「まーた真幌のヤツ。ちんたらトロトロ仕事してくれちゃってさ」

せっかく本契約を掴んだというのに、店のオーナーであるマホはご立腹のようだ。

「いつになく契約が手早くできたってのに。あんな手の込んだ嘘っぱちの特約とやらで、タダ働きの無駄なサービス業務しちゃってさ。効率悪いったらありゃしない」

マホが、ぷうと頬を膨らませる。

「ほんっと真幌は、まだまだ青いっていうか」

誰よりも見た目の若いマホが言うのが妙におかしい。望美はくすりと笑った。

謎のベールに包まれた、死神の黒猫少年マホ。本当は一体何歳なのだろうか。

「ダメダメな甘ちゃんのワカゾーは、死んだじいさんに代わって、ベテランオーナーのボクさまが折檻《せっかん》してやるっ。とりゃあ、お尻ペンペンだっ！」

悪態をつきながら、マホは自分のお尻を激しく叩いた。

「いってー！」

自滅するマホを見て、望美が唖然とする。カウンター席では、げらげらと忍が笑った。

「ちょ、アンタなにやってんのよ。あー、おかしい。ばっかじゃん」

「ちぇっ……」

マホは不貞腐れた顔で暖簾を潜り、店の奥にある家屋に引っ込んで行った。

笑い涙を拭きながら、忍は望美に言った。

「照れ隠しよ。あのインチキ特約契約書、あの子も黒猫の姿でしっかり見ていたくせに」

「そっか、確かに言われてみれば。じゃあマホくんったら、今回は店長の判断を見て見ぬふりをしてくれていたんだ」

「ふふっ、あのクソガキも案外良いとこあるじゃん？」

忍が満足げな顔で背伸びをする。

「化け猫も退散したし。これで一件落着。めでたしめでたしってとこね」

「はい。じゃけぇど……中森親子が再会したのが、本当のおかあさんじゃなかったってことが、ちょっと引っ掛かりますけど……」

「世の中、知らぬが仏よ」

忍は望美の顔をじっと見つめて続けた。

「真実を知ったからってなんになるの。世の中には知らない方がいいことだって沢山あるのよ。亜紀ちゃんママはこれからも、彼女の心の中で生き続ける。それでいいじゃない」

「確かに……」

「真幌、言ってたわ。『残された家族が傷つくところなんて、きっと誰も想像したくない。それ以上の未練なんてない。だから冥土へ向かう中森さんも、この世で生きる亜紀ちゃんも、お互いに安心して未来へと歩んで欲しい。たとえそのきっかけが、偽りの家族の物語だったとしても』ってね」

「店長が……」

「アンタの受け売りだって言っていたわよ」

「あたしの？」

「ええ、前にアンタが言った台詞が胸に刺さったんだって」

【「彼らはきっと家族に先立たれて辛いと思うんです。残された家族が傷つくところなんて、あたしは想像したくない。それこそ死んでも死に切れませんよ」】

忍は一輪挿しに生けられた白いハナミズキを、ちらと見て言う。

「死者を蘇らせることなんて、どうあがいてもできっこないのよ」

——マホくんの言っていた「例外」って、特約契約書のことじゃなかったんだ……。

では一体、どういった場合《ケース》ならば、死者は冥土から現世に戻ることが可能なのだろうか。

望美の疑問はますます深まった。

「今は亡き愛する人との再会。そんなことが可能なんだったら、とっくにあの子自身が契約書にサインをしているはずだからね」

忍の意味深な口調。気になる、気になりすぎる。望美は思わず聞き返した。

「忍さん、店長の今は亡き愛する人って誰なんですか？」

忍が無言になる。うっかり口を滑らせてしまった。そう顔に書いてある。

「彼のご両親ですか。育ての親であるおじいさまですか。それとも……」

先日、真幌が寝言で口にしていた名前。望美はその名を心の中でつぶやいた。

——それって……みーちゃん……？

「もしかして、店長が死神の手先として冥土の土産屋をしている理由って……その今は亡き愛する人が何か関係があるんですか。その亡き人の存在が、店長の……深い悲しみの原因なんですね」

　忍は何も答えない。

「黙ってないで答えてください、忍さん」

「……………」

「忍さんっ！」

　しばらくして忍が遠い視線で言葉を返す。

「望美。アンタ、真幌に気があるんでしょ」

　今度は望美が無言になる。

　雪洞の和風ペンダントライトの灯りのせいだろうか、望美の頬が赤く染まっている。

　薄暗い店内の中、忍は静かに言った。

「だったら尚更、知らぬが仏よ」

# 第三章　冥土の土産に教えてくれませんか？

余命十日。

「店長、おはようございま……すっ？」

「おっはよー、のぞみちゃーん」

朝一番のまほろば堂の奥から姿を現したのは、少年の姿をした黒猫マホだった。

「マ……ホくん」

どうして朝から。望美は思わぬ展開に後ずさる。

「昨夜はこの姿で外回りの深夜営業だったんだよ。これから猫の姿に戻って、ゆっくり寝させてもらうけどね」

ふわあとマホが大あくびをする。単に夜遊びをしていたのではないかと望美は疑った。

「それって、マホくんは眠れても店長の体は疲れたままなんじゃ……」

「まあ、細かいことはどうでもいいじゃん」

ケロリと言うマホ。まるでひと事のようだ。

「全然細かくないわよ。ねえ、一体どこまで店長を働かせたら気が済むの」

黒猫だけに、まさしくブラック企業の悪徳オーナーだ。馬車馬のようにこき使われる雇われ店主。こんな調子では本当に過労で倒れてしまうのではないかと、望美は真幌の身を案じた。

「あ、そうそう。明日ののぞみちゃんの休日なんだけど。この店の周辺に寄り付いちゃだめだよ」

「え、どうして。じゃって、あたし休日出勤……」

ひとりぼっちの部屋で残り僅かな余生を過ごしても切ないだけ。ここで働いていた方が遥かに気が紛れる。なので望美は休日出勤をしようと考えていた。

「のぞみちゃんって、ほんと働き者だね。でもさ、悪いけど明日は冥界監査の日なんだ」

「それってどういうこと？」

「色々と厄介なんだよね。本来は客である生霊を、不当に雇用していることが神様《うえ》にバレちゃうと」

「そうなんだ」

――あたしがここで働けるのも、残りあと僅か。だから明日も店長の傍で仕事していたかったんだけど……そういう事情なら仕方がないか。

「だからさ、のぞみちゃん。明日は絶対に、美観地区の周辺に来ちゃあダメだよ。約束できる？」

「う、うん」

望美は渋々承諾した。

「ふわぁーっ。さてと、ボクはそろそろ寝るから。んじゃあ、おやすみ」

踵を返す少年を望美が引き止める。

「あ、ちょっと待ってマホくん」

「なにさ？」

「ねえ、ひとつ教えて欲しいことがあるんじゃけど」

◇

余命九日。

曇天。冷たい季節風が、望美の頬に突き刺さる。温暖な気候の『晴れの国おかやま』もまもなく、師走を迎える。

今日は望美の休日だ。起床後、早々に外出した彼女は、ひとりで岡山市内中心部にある大きな建物の前に立っていた。

昨日の夜、マホから聞き出した場所。そこは余命僅かの望美の実体が入院している総合病院だった。

「この中に、本当のあたしがいる……」

望美は集中治療室の扉の前に立っていた。

以前、まほろば堂の雪洞に映し出された立体映像を思い出す。白いベッドの上には、全身を包帯で覆われた瀕死の女性。それが抜け殻となった望美の実体だ。

ぶるぶると首を横に振る望美。顔色の悪い顔が更に青ざめる。

「やっぱり怖くて……中に入れない……」

幸か不幸か、望美は霊魂の状態であるにもかかわらず、瞬間移動したり壁を抜けられたりするわけではない。この病院にも電車とバスを乗り継いで来た。

誰かが扉を開けた瞬間に忍び込むことは可能だが、自分の悲惨な姿を目の当たりにする勇気は出ない。


次に望美はナースセンターへと向かった。

大勢の看護師たちが忙しそうに行き来する中、望美は彼女らの会話がよく聞こえそうな位置に陣取った。当然、生霊である望美の姿は看護師たちの目には映っていない。

望美はずっと気になっていた。誰か自分のお見舞いに来てくれてはいないのだろうかと。

せめて一人でも――そう、母親だけでも。

実の娘が電車に轢かれて瀕死の重体なのだ。いくら絶縁状態とはいえ、自分の母はこの場に駆けつけてくれたり、付き添ってくれたりしてはいないのだろうか。

粘ること数時間。ようやく望美の事故が、看護師たちの話題に上った。

「ねえねえ、あのホームから落ちた逢沢さんって」

若いナースが口火を切った。息を呑む望美。看護師たちの傍に寄り、そっと聞き耳を立てる。

「あの子って、誰もお見舞いに来ていないみたいなのよね」

「じゃよねえ、いくらＩＣＵとはいえ、流石に可哀相じゃわねえ。最初に仕事先の人が事務的な確認や手続きに来ただけじゃったし」

「あの子、家族とか親戚とか友達とかって、全然おらんのかな？」

「困ったわね。もし、このままお亡くなりになったら、ご遺体の引き取り手が――」

そこまで聞いて、望美は踵を返した。

足早に病院を後にしながら、望美はこみ上げる思いをぎゅっと胸に抑え込んだ。

その日の夕暮れ時。望美はある家の前に立っていた。

表札には『逢沢』と書かれている。生まれ育った自分の家。高校卒業まで長年暮らした、小さな庭付き一軒家だ。

「おかあさん……」

敷居の外から玄関に向かって望美はつぶやく。

「ねえ、やっぱり来てくれないんだ」

扉は固く閉ざされたまま、何も答えてはくれない。初冬の夕暮れの中、ため息が白く濁って消えていく。

「おかあさん。昔はすごく優しかったのに。おとうさんが死んでから、ほんと変わっちゃったよね……」

母の笑顔を最後に見たのはいつだっただろうか。幸せだった日々が遠すぎて、今ではもう思い出せない。

ふいに、ガチャリと玄関の扉が動いた。

「あっ！」

望美は反射的にその場を逃げ出した。少し離れた電柱の背後に大慌てで隠れる。現世の家族には自分の姿は見えていないのだから、逃げる必要もないのだが、どうしても面と向かって顔を合わせる勇気が出ない。

玄関から母親が出てくる。きちんとセットされた髪にフルメイク。仕事用の華やかなコートを羽織っている。

母親は最寄り駅へと向かう道を歩き始めた。これからスナックへ出勤するのだろう。いつものように。

「なんだ、全然普通に生活しているんだ……」

母にとって縁を切った娘など、死のうが生きようがどうでもいいのだろうか。

今の家族の方が大事。自分から離れていった娘など、ただ疎ましいだけの存在だと——。

「もういい……もう……どうだっていい………」

生温かい涙が望美の頬を伝う。

その悲しみの雫がぽたりぽたり滴り落ち、彼女の足元を濡らした。

望美は嗚咽交じりで踵を返し、その場を駆け出した。

黄昏《たそが》れて行く寒い夕暮れ時。とめどなく流れる涙を拭いもせず、望美は生まれ育った町を後にした。

◇

余命八日。

ぼおんと古時計が鳴る。時刻は夜の十時半。深夜のまほろば堂、真幌は奥で仮眠中だ。

休暇を取ったばかりの翌日だというのに、望美は今日一日まるで元気がない。そんな彼女に、カウンター席に陣取る忍が話し掛ける。

「望美、アンタさあ。昨日、病院や実家に行ったでしょ」

茜色の和装メイド服姿の望美は、ほうきを持ったまま振り返った。

「え、なんで分かるんですか。忍さん」

「だから前にも言ったでしょ。おねえさまは、なんでもお見通しだって。とにかくあれは見るんじゃなかったわね」

テーブル席の雪洞の和風ペンダントライトを指差す忍。

以前、黒猫の少年から見せられた、『瀕死の状態で病院に入院している望美の立体映像』のことを言っているのだ。

「まったく、それこそ知らぬが仏だったのに。せっかく真幌が精一杯ごまかしてたのに。余計なことをしてくれちゃって」

吹き抜けの高い天井を、忍がきっと睨む。

「ふしゃあ」

梁の上では黒猫がのん気にあくびをしている。チッと舌打ちして忍は視線を下げた。

「どうせさぁ。どこの病院に入院しているのかも、あの猫がチクったんでしょ」

「いえ、あたしがマホくんに頼んだんです。あたしの体の居場所を教えてって」

「そうなんだ。ていうかアンタも馬鹿な子よね。状況を確認しに行ったからって、アンタの命が助かるわけでもないのに」

「まあ、そうなんですけど……」

望美は気まずそうに俯き、ほうきで床を掃いた。はあとため息をつく忍の視線の先には、今日も蒼い倉敷ガラスの一輪挿しがある。

「望美。アンタが自分の状況を知ったら、きっと病院に行ってみるはず。そうすると必然的に、誰も付き添いやお見舞いに来ていないことに気がついてしまう」

一輪挿しに生けられたハナミズキ。白い花弁を見つめながら、忍が言葉を続ける。

「そうなればアンタは必ず傷つく。体の傷よりも、心の傷の深さに絶望する。だから真幌はアンタの実体の所在を口にせずに、懸命にぼかそうとしたのよ」

「そうだったんですか。なのにあたしったらあの時、意地悪しないで教えてだなんて失礼なことを言っちゃって」

「あの子はそういう子なのよ。ワケアリで、こんな死神との契約代理店なんて因果な稼業をしているけれど、昔から虫もろくに殺せない優しい性格なの。それこそ子供の頃からね。見た目はあのクソガキと一緒だけど。中身はまるで真逆だったわよ」

――店長と忍さん、そんなに古くからの知り合いなんだ……。

◇

余命七日の朝。

まほろば堂へ向かうコート姿の望美の傍らで、倉敷川が静かに流れている。川岸に留められた小舟をぼんやりと見つめながら、彼女は先日の中森親子の件を思い返していた。

冥土へ旅立った父親にも、迎えに来てくれた祖父母にも、あんなにも愛されていた幼い少女。心底、羨ましかった。

――それに引き換え、あたしは……。

望美の祖父母は全員、既に他界している。親戚も縁遠い。それより何より。

親から受ける愛情がどうしてこうも違うのか。

自分の母親はどうしてこんなにも娘に無関心なのだろう。たしかに高校卒業後、自分は母の元から逃げ出した。でも、そこまで自分は、母にとって悪い娘だったのだろうか。

羨ましい。その思いは、最近も味わったばかりだ。望美はかつての親友であった小泉華音の顔を思い浮かべた。

彼女の両親は優しく家庭は裕福。望美の目からはまさに、絵に描いたように素敵な家族に見えた。そして先日アイビースクエアで見かけた現在の華音も、また幸福そうだった。傍には優しく頼もしそうな恋人も寄り添っていた。

幸福の連鎖、という言葉が思い浮かぶ。自分はその連鎖からはじき出されてしまった。

そして、そんな自分の余命もあと一週間。冥土の土産の最終選択を迫られている。

ここで出会った生霊たちは色々と迷い、紆余曲折《うよきょくせつ》をしながらも、最終的には全員が冥土の土産を遺される家族や大切な人の為に使っていた。

だけど自分は、母に対してそうしたいなんて、どうしても思えない。

「だから……」


望美はまほろば堂に辿り着いた。

店頭の引き戸をがらりと開ける。すうと深呼吸。背筋を伸ばして声を出す。

「おはようございます！」

挨拶が店内に響き渡る。同時に眩しい朝の光が店舗の内に差し込んだ。

もう師走だ。ここ倉敷美観地区もすっかり冬の装いを見せ始めている。

「望美さん、おはようございます」

藍染着流し姿の真幌が奥から現れた。にこりと穏やかに微笑む。

「店長、あの。今晩、お時間を頂けますでしょうか」

「今晩ですか」

「はい、お話を聞いて頂きたいんです。まほろば堂の店員としてではなく、ひとりの客として」

しばしの沈黙の後、真幌は静かな口調で問い質した。

「分かりました。望美さんご自身の『冥土の土産』、とうとう決心がついたのですね」

店内に差し込む朝日に包まれながら、望美はにこりと笑って返事をした。

「はい」


その夜。

「どうぞ」

まほろば堂の昼の業務を終え、テーブル席に腰掛けている望美に、真幌が備前焼のカップと器を差し出す。

ミルクたっぷりマンデリンコーヒー。この店の夜の仕事の内容を、初めて聞かされた日に出されたものと同じだ。改めて、これから冥土の土産に向き合うのだなと、望美はひしと感じた。

「店長、お茶なら、あたしが入れたのに」

「いえ。今夜の望美さんはお客様ですから」

優しく微笑みながら、真幌は対面に座った。今夜は望美の他に、冥土の土産屋としての予約は入れていない。

薄暗い店内のいつものテーブル席。雪洞の和風ペンダントライトの柔らかな光が、ふたりの顔を照らし出す。

「じゃあ、お言葉に甘えて。いただきます」

胸に染み渡るコーヒーの温かさ。ぼおんぼおんと古時計が、暮れ行く時を告げる。その七回目の音を聞き終えるのを待って、望美は口を開いた。

「冥土の土産にひとつだけ、あなたの望みを叶えます。でしたよね？」

真幌の声色を真似て望美が言う。真幌は「ええ」と頷いた。

「それで、あたしの冥土の土産。どうしたらいいか色々考えたんですけど……」

言葉を詰まらせる望美。以前、自分が言った台詞を思い出す。

叶えたい欲望なんて正直思いつかない。巨万の富だの絶世の美貌だの世界征服だの、小市民の自分には考えられない。どうせ死んでしまうのだから、失業や借金のことも悩まなくていい。

期限の迫った今となっても、その考えに変わりはない。だから彼女は今夜、ほんのささやかな気持ちを告げようと決心したのだ。

真幌が望美を見つめる。長いまつげに包まれた鳶色の瞳に、心が吸い込まれそうになる。

声を震わせながら望美が言う。

「だから……あたし……店長のこと」

店長のことが好きです。

思い切ってそう告白しようかと、最近の望美は随分と迷っていた。

ただ単に気持ちを伝えるだけ。見返りなんて求めていない。それが自分の冥土の土産。

この世に未練を残さぬように。

なんでも願いが叶うからとはいえ、僅かな間だけでも恋人になって欲しいとは、流石に言い出せなかった。密かに彼氏いない歴、年の数。いきなり男性と付き合う勇気もないし、そもそも魔力で好きな人の心を操るなんて、望美はしたくなかった。

「店長のこと……」

それに、これから死ぬ人間に、そんな重いことを言われて迷惑するのは彼の方だ。こんなにもお世話になったのに。だから彼を困らせてはいけない。そんなわがままを言ってはいけない。

膝元で両手のこぶしを握る。望美は秘めた想いをぐっと飲み込み、別の言葉を選んだ。

「あたし、店長のことを、もっとよく知りたいんです」

「僕の……ことをですか」

「あっ、別に変な意味じゃないですよ。あー、さては店長。今ちょっとえっちな想像したでしょう」

真幌の顔が少し赤くなる。

「やだなあ、店長ってば」

くすくすと笑って望美はおどける。照れ隠し。彼女なりの精一杯の虚勢だ。

――なに馬鹿なこと言ってんだろ、あたし。

望美は心の中で自分を戒めながら、姿勢を正して言葉を続けた。

「あたし、まほろば堂の人たちには本当に感謝しているんです。こんな使えないぼっちで生霊のあたしを雇ってくれて」

「そんなことありませんよ。お世辞じゃありません。本当に、とても助かっていますよ」

「店長……」

真幌にぺこりと頭を下げる望美。彼の優しさに胸が詰まる。

望美は言葉を続けた。

「あたし、この世の最後にお世話になったまほろば堂のことを、もっとよく知っておきたいんです。だから、心残りのないように……この店と店長の秘めた事情について、詳しくお話を聞かせて頂けませんか」

「まほろば堂と僕の事情について、ですか」

「はい。ですから、冥土の土産に」

望美は、真幌をまっすぐに見つめて告白した。

「店長の過去を教えてください」

長い沈黙の後、真幌は眉をひそめて言葉を返した。

「望美さん。そんなつまらないことに、貴重な冥土の土産を使ってはいけませんよ」

「全然つまらないことじゃありません。あたしにとっては、とても大切なことなんです」

望美は真剣な表情で言葉を続けた。

「あたし、先日の中森さん親子の一件で思ったんです。故人との再会。それは自然の摂理に反する禁忌であり、神さまへの背徳行為。そんなお客様の無理難題に応える為に、店長はどうしてあんな手の込んだ芝居を打ったのか」

例のインチキ特約契約書のことだ。

「亡くなった奥さまのことを、一途《いちず》に思い続ける中森さん。店長。もしかして、ご自分の境遇と重ねたりしていませんか」

真幌のこめかみの辺りがぴくりと動く。

「きっと店長にもいらっしゃるはずですよね。今は亡き、大切な思い人が。早くに亡くしたご両親とか、育ての親であるおじいさまとか。そして、そういった肉親とは違う、別の誰かが」

真幌は無言で視線を逸らした。彼の視線の先を目で追う望美。

カウンター席に飾られた蒼い倉敷ガラスの一輪挿し。そこには今日もハナミズキが。

真幌の手によって毎日欠かすことなく生けられている。まるで何かを愛でるように。

そのことに望美は随分と以前から気が付いていた。

「店長。ハナミズキの花って、通常は晩春から初夏にかけて咲くものですよね」

「ええ、よくご存じで」

「だけどこの店のハナミズキは、造花でもないのに冬になっても、こうして咲き続けている。おそらく黒猫くんの力を使っているんでしょうけど」

「…………」

「ハナミズキの花言葉は『返礼、永続性、私の想いを受けてください』なんですってね」

真幌が頷く。

「この三つを組み合わせたら『感謝の気持ちを込めて、あなたに永遠の愛を誓う』って……そんな意味になるんじゃないかなと思ったんです。それって、まるで手向け花のように思えるんですけど。違いますか？」

手向け花。神仏や死者の霊などに捧げる花のことだ。無言の真幌に望美が続ける。

「あたし、ずっと疑問でした。いくら亡くなったおじいさまから引き継いだ家業だからって……普通の人間で、しかも優しくて温和な性格の店長が何故、死神と雇用契約を交わし、冥土の土産屋なんてお仕事をしているのか。それってもしかして、その人が……今は亡き大切な思い人さんが、その理由に絡んでいるんじゃないですか」

真幌が怪訝そうに口を開く。

「随分と飛躍したお考えですね。何の根拠もなく、どうしてそう思うのですか」

「みーちゃんさん」

望美からの思いもよらぬ言葉に真幌が固まる。

「って誰なんですか」

「……どうしてその名を。マホか忍さんから聞いたのですか」

「いえ、店長がご自分で仰っていました。朝、起こしに行った時に寝ぼけて」

「そうですか………」

その時、自分が真幌に抱き締められたことは言わなかった。

問いには答えず、視線を逸らしたまま黙りこくる真幌。

——やっぱり、猫の名前じゃなかったんだ……。

静寂の中、古時計がカチコチと時を刻む音だけが微かに聞こえる。

長い沈黙の後。望美が口を開く。

「店長、だから冥土の土産に教えてください。あたしの言っていることが合っているかどうか、答えてください」

ため息をつきながら、真幌が返す。

「望美さん。くどいようですが、大切なことなのでもう一度言います。そんなつまらないことに冥土の土産の権利を使ってはいけません。だから、よく考え直してください」

今度は望美が深いため息をつく。備前焼カップのコーヒーもすっかり冷めてしまった。望美はそれを一気に飲み干した。

「今回の機会で色々と一生を振り返ってみて、つくづく思ったんです。あたしの人生って終わっているなって」

「そんなことありませんよ」

「ううん、慰めてくれなくていいんです。慰められると余計みじめになりますから」

望美はゆっくりと頭を振る。

「借金があって、失業して、友達も恋人もいなくって。父が死んで、母にも見放されて。瀕死の重体なのに、誰も病院に駆けつけてくれなくて。あたしが死んでも消えても誰も困らない。誰も悲しまない。じゃけえ、こんな世の中に未練なんてなかったんです。つい先日まではまほろば堂に出会うまでは」

「望美さん……」

「だから店長には、本当に感謝しているんです。こんなあたしをメイドとして雇ってくれて。暖かく迎え入れてくれて。仲間だって言ってくれて。こんなにも優しくしてくれて」

感謝で胸がいっぱいだ。だから恩を返したい。自分なりに、少しでも店長の力になりたい。そんな気持ちに揺さぶられながら、望美の感情が次第に高まってゆく。

「店長に悩みをいっぱい聞いてもらって、あたし本当に救われました。なのに店長はいつも他人の悩みばかりを聞いて。ご自分の心のうちを誰にも語らないで。死神との契約店なんて大変な仕事をしているのに、店長の気苦労や悲しみを誰も理解してあげられない」

真幌が視線を逸らし気味に答える。

「それが僕の仕事ですから」

「大人な言い方ですね」

望美が目を細めながら言う。

「店長って、ほんと大人ですよね。そうやって、いっつも澄ました顔で大人ぶって。あたしだって、まほろば堂の一員ですよ。ひとつ屋根の下で働く仲間として、少しは悩みを打ち明けてはもらえませんか」

真幌は何も答えない。眉間の前で掌を組み、望美の話を黙って聞いている。

「なんでもいいんです。思っていることを口に出すと、少しは心が軽くなりますよ。そう教えてくれたのは店長ですよね」

こわばった作り笑いを浮かべ、望美が言う。

「大丈夫ですよ。お客様の心の声に耳を傾けるのが、まほろば堂のメイドであるあたしの仕事ですから。だから店長の悩みを聞かせてください。心の負担を分けてください」

必死の説得。それでも真幌は答えない。

「店長、あたしじゃだめですか？」

　じわりと瞳に涙を浮かべ、望美が俯く。

「あたしって、そんなに頼りないですか」

「別に、そういう意味では……」

「じゃあ、話してください」

　望美が立ち上がる。対面に座る真幌の着流しの、肩口をつかんで揺さぶった。

「冥土の土産に、なんでも願いを叶えてくれるんですよね？　だったら教えてください」

　高ぶる感情。望美の瞳から、ぽろりと涙が零れ落ちる。真幌は愁いを帯びた表情で、望美をじっと見つめている。

「ねえ、答えてください、店長」

「…………」

「店長！」

　ガラリと店の引き戸が開く音がする。望美は我に返り、振り向いた。

「そこまでよ、望美。暴走するのもいい加減にしなさい」

　忍だ。黒いヘルメットを脇に抱えたまま、望美に言う。

「話は店の外から全部聞かせてもらったわよ。ったく本当に困った子なんだから」

「……またですか。随分と耳がいいんですね」

　望美と忍が互いに睨み合う。

その瞬間、望美の背後から白い閃光が放たれた。

「――じゃあ、ボクが教えてあげるよ」

真幌が少年の姿に変身している。髪が黒く、瞳は蒼い。黒猫のマホに憑依されたのだ。

「アンタは黙っときな」

「別にいいじゃん、それでのぞみちゃん本人が納得するんだったら。お安い御用じゃーん。ねー、のーぞみちゃん？」

席から立ち上がる少年。円らな瞳でにこにこしながら、望美と忍に歩み寄る。とびきりの笑顔だ。

「真幌はなんでもかんでも、もったいぶり過ぎなんだよ。だから仕事がトロいんだ」

ぶかぶかの藍染着流し姿。小さな手には、和紙の書類と万年筆がちゃっかりと握られている。少年は望美の顔を見上げながら、それらを差し出した。

「真幌の秘密、ボクが包み隠さずぜーんぶ教えてあげるからさ。さあさあ、だからこの契約書にサインを」

望美が受け取ろうと手を伸ばす。刹那。シュッっと風を切る音と共に、望美の脇を何かが掠めた。

「ぷしゃあ！」

猫のような奇声を上げながら、もんどり打って倒れる少年。

「えっ！」っと驚いて望美は脇を見る。ブラックレザーのロングブーツとパンツに包まれた長い脚が、少年の顔面を捉えていた。忍のハイキック。まさに疾風怒濤の早業だ。

「なに勝手なことホザいてんのよ、このクソガキが！」

忍が倒れた少年を罵倒する。凄みがハンパない。

「マホくん、しっかりして！」

望美は慌てて彼に駆け寄り、少年を抱きかかえた。どうやら失神してしまったらしい。きっと今、彼の目の前では、星や火花がちかちかと飛び交っているのだろう。

「知らぬが仏よって、あれだけ釘を刺しておいたのに。まさか本人に直談判するなんて。随分と思い切った行動だわね」

「だって、どうしても聞かなきゃって思ったから」

「それを聞いてどうするのよ。真相を知れば、それでアンタは幸せになって成仏できるっていうの？」

「あたしの幸せなんて、どうでもいいんです！」

少年の姿をした真幌を抱きかかえたまま、望美が強い視線で忍を見上げる。

「死神との契約代理店。こんな重い業務を夜な夜なこなして。きっと店長、ひとりで色々と抱え込んでいるはずなのに……そんな店長を放って、あたし成仏なんてできません」

「望美、アンタ」

「心の内を誰かに打ち明けることで、店長の心の負担が軽くなれば。店長が少しでも救われれば、あたしはそれでいいんです」

しばらくの沈黙の後、忍が重い口を開いた。

「……そこまで言うなら、分かったわ。真幌の生い立ち、アタシが教えてあげる。冥土の土産とは関係なく、ね」

望美が忍の顔を見上げる。

「ただ、その前にひとつ約束して欲しいんだけど」

忍が望美に問い掛ける。

「アンタ、さっき言ったわよね。店長の悩みを聞いてあげて、彼の心の負担を軽くしてあげたいって」

「ええ」

「だから約束できる？　これからアタシが話すことは、真幌の前ではそ知らぬ顔で黙っていること」

望美は眉をひそめた。

「聞かなかったフリをしろってことですよね」

「そう。お悩み相談だったら、あくまで本人の口から打ち明けなければ意味ないからね」

「約束します。そして、あたし待ちます。店長がご自分の口から、あたしに心を開いて打ち明けてくれることを」

「待つって、アンタ余命一週間なのに？」

呆れ顔で忍が言う。

「それは……あたしのお墓に向かってでも……いいですけど……」

ごにょごにょと語尾が消えて行く。

「アンタのお墓は誰が立てるのさ。実の母親にも見捨てられた天涯孤独のぼっち娘だっていうのに」

「それは……」

「ってまあ、意地悪はこれぐらいにしとこうかしら」

忍はどかっとテーブル席に腰掛けた。いつもは真幌の定位置だ。気絶した少年の頭をそっと膝から下ろし、望美も対面に座る。

「さてと、どこから話せばいいかしら」

望美が真剣な表情で、じっと耳を傾ける。

「昔々あるところに、じいさんとばあさんがいました」

――桃太郎？

望美は心の中でツッコミを入れた。

「ばあさんは、じいさんを置いて三途の川へ洗濯に行きました。そんで、そのまま帰らぬ人になりました。それればかりか残念なことに、じいさんはその後、息子夫婦にも先立たれちゃいました」

こくりと頷く望美。

「そんで、その死んだ息子夫婦には、まるで桃のように可愛いひとり息子が――」

こうして忍は、いつものぞんざいな口調で真幌の生い立ちを語り始めた。


真幌の両親は彼が物心つく前の幼い頃に、交通事故で他界した。彼はそれ以来、父方の祖父である蒼月龍蔵《たつぞう》に引き取られることとなった。

真幌の祖父は、倉敷市に代々伝わる老舗の土産屋『まほろば堂』を営みながら、男手ひとつで真幌を育てたのだ。

将来は自分がこの店を継ぐんだ。真幌は幼い頃からそう意識していた。しかし――。

「この店はワシの代で畳む。真幌、お前は何か別のやりたい仕事を探すんじゃ」

頑固者の龍蔵は、いつもそう言っていた。実際、息子である真幌の父親も店は継がず、生前は普通のサラリーマンをしていたそうだ。

「この店は色々とワケアリなんじゃ。特に夜の仕事は、まともな人間が関わるもんじゃない。じゃけえ――」

夜は決して店に近寄ってはいけない。店舗へと続く暖簾を潜ってはいけない。そう厳しく仕付けられていた。しかし幼い真幌は、好奇心を抑えきれない。

夜、こっそりと暖簾をめくり、時々店の様子を窺っていた。

――鶴の恩返し？

望美はまた、心の中でツッコミを入れた。

毎晩ひとりテーブル席で和紙を広げ、宙に向かってぼそぼそと話している祖父。

「おじいちゃんって毎晩、一体なにやってんだろう？　それにあの猫って……」

夜の店内には黒猫が頻繁にうろついていた。昼間は全く店の周囲に姿を見せない猫だ。

「その黒猫って……」

「ええ、この化け猫のクソガキよ」

忍が床に倒れ失神している、少年の姿をしたマホを顎で差す。

「マホくんって、そんなに昔からこの店に住み着いているんだ」

「座敷わらしみたいなもんだからね。アタシらより随分と長生きしているはずよ」

「どうしてマホくんは、まほろば堂に住み着いたんですか？」

「ああ、以前こいつから聞いたんだけど――」

龍蔵は生まれつき霊感が強く、現世を徘徊する霊の姿を幼い頃から見ることができた。

昭和四十年代中期の、まだ真幌が生まれる随分と前のこと。この周辺が市の条例に基づき『美観地区』と認定された頃から、その噂が口コミで広がり、龍蔵はたまにボランティアでお祓《はら》いなどをしていたのだ。

その為め龍蔵は、この界隈の幽霊たちの間でちょっとした有名人になっていた。

その頃に出会ったのが黒猫マホだ。

当時のマホは野良死神だった。最高神《おかみ》が定めし冥界道先案内士としての規律を守らず、化け猫の姿で人々を脅かしては、手当たり次第に霊の魂を冥土に送り付ける。

昔のマホは、そんな手の付けられない無法者だったのだ。

冥界からの使徒が現世の人間に直接干渉をすることを、最高神は好まない。

彼らが現実社会で人間の前へ容易に姿を現すと、世界の秩序が乱れてしまうからだ。

その為に正規の冥界道先案内士は、代弁者として現世の人間と『伝道師の契約』を交わす。いわゆる冥土の土産屋の雇用契約は、これに含まれるのだ。

当時のマホには、そんな信頼の置ける人間のパートナーはいなかった。だから野良死神の化け猫としてのさばっていたのだ。

「ならばワシを利用すればよい。ほれ、ワシに取り憑いてみてはどうじゃ？」

龍蔵は当時、化け猫として美観地区界隈で暴れまくっていたマホを、そう諭した。

あえて自らの身にマホを宿すことで、無法者だったマホが勝手な行動をできぬよう、逆にコントロールしようと考えたのだ。

最初は「なめんなよっ！」と素直に大人の言うことを聞かない、不良の化け猫マホだった。しかし龍蔵の度重なる声掛けに心が揺れたのか、次第に小さな黒猫の姿で店に住み着き始めたのだ。

「よっしゃ、良い子じゃ。今日からお前さんはうちの子じゃけえの」

龍蔵がにこりと笑う。

「にゃあ」

「これでお前さんも心置きなく、誰にも後ろ指を差されずに、お天道様に堂々と胸を張って、人の魂を冥土に連れていくことができるじゃろうよ」

こうして、まほろば堂は『冥土の土産屋』として夜の新規営業を始めたのだ。昼間は飼い猫と飼い主、夜はオーナーと雇われ店主という奇妙な間柄で。

最初は、暴れん坊のマホに好き勝手をさせないための、いわば保護者かボランティアのような気持ちで道先案内代理人を務めていた龍蔵だった。しかし次第に、その気持ちに変化が生ずるようになった。

迷える魂の心の声に耳を傾け、時には励まし、時には優しく語り掛ける。この世の未練を取り払い、安らかな冥土の旅路へと正しく導く。

そんな業務内容に龍蔵は、いつしかやりがいを感じるようになったのだ。

龍蔵の心からのもてなしと誠意ある対応に、迷える霊魂たちが感銘を受ける。夜のまほろば堂の評判は、この界隈の霊たちの間で口コミにより広まったのだ。

マホは龍蔵と直接の『雇用契約』を結んではいなかった。龍蔵は元々霊感が強いので、契約をしなくても霊と交流ができるからだ。

それに今更そんな書面を交わさなくとも、ふたりの間にはまるで、本当の家族のような深い繋がりが生まれていた。

だからマホは跡継ぎの真幌に対し、アニキ風を吹かせボヤキながらも、なんだかんだと長い目で見守っている節があるのだ。

「……なんかおじいさまって、凄い人だったみたいですね」

「そりゃあもう。マホが言うには『じいさんの冥土の土産屋としての腕前は一級品だった』からね。でも肝心の昼間の営業に関しては、不愛想で変に情にもろくて、とにかく商売下手だった。だから経営は大変だったみたいだけど」

「そうなんですか」

「いっその事、持って生まれた霊感を活かして職業霊媒師にでもなれば、ガッポリ稼げたんだろうけどさ。誰かさんみたいにね」

――誰かさん、って誰だろう？

妙な疑問が残る。しかし話の腰を折ってはいけないと、望美は話を繋いだ。

「なるほど。ようするにまほろば堂は、その頃から既に死神の代理店だった。だから当時の店主であるおじいさまは孫に秘密を明かさず、店には干渉しないようにと強く言い聞かせた。ましてや、継がせるなんてもっての外」

忍は大きく頷いた。

店のことに関しては気難しい祖父であったが、とびきりの愛情で息子の忘れ形見である孫のことは可愛がった。

しかし昼夜の仕事を抱えながらの慣れない育児だ。手が行き届かないことも多々あった。

「そんな蒼月家の老いぼれじいさんと孫を見るに見かねて、ある夫婦がさ――」

色々と大変でしょうと、近所に暮らす一組の夫婦が何かと協力をしてくれた。

多忙な祖父に代わり、幼い真幌のお守りや普段の食事や洗濯などの面倒をすべて見てくれていたのだ。

また休日には、自分の娘たちと共に真幌を公園やドライブなどに連れて行ったりもした。

特に夫の方は、待望の男の子ができたと言って自ら積極的にキャッチボールやヒーローごっこを楽しんだ。

まーくんは、うちの息子じゃあ。いつも笑顔でそう言っては、まるで本当の父親であるかのように幼き真幌を可愛がった。

「親切なご夫婦ですね」

その夫婦には、ふたりの娘がいた。真幌と小学校の同級生だった女の子と、随分と年が離れた姉。真幌は、その姉妹と兄弟同然に育ったそうだ。

また真幌は祖父に引き取られて以来、不思議な現象に苛《さいな》まれていた。

夕方から夜に掛けて、時々記憶が飛ぶことがあったのだ。

「マホくん、当時から店長に憑依していたんですね？」

「ええ。その頃から真幌の体を使って、人間の姿でウロチョロしてたみたいよ。真幌が生まれる前は、真幌の死んだおとうさんに取り憑いたりして。それでよく、じいさんに怒られていたんだって」

そんな龍蔵も、真幌の高校卒業間際に突然店頭で倒れ、数日後に死去した。

享年七十九歳。原因は脳卒中だった。

葬儀などの段取りは未成年の真幌に代わり、姉妹の両親が取り仕切ってくれた。されど喪主は真幌が気丈に務め上げた。

進学校の普通科に在籍中で成績も良かった真幌。地元の国立大学に合格し、奨学金で大学に行く準備も既にしていた矢先の出来事だった。

「でもね。結局、真幌は進学を断念したのよ。店を守る方が大事だって」

こうして真幌は高校卒業と同時に、祖父の残した土産屋を引き継いだのだ。

「ああ見えて結構、頑固だからね。真幌は」

「店長らしい決断ですね」

「おじいさまが亡くなった頃には、店長はまほろば堂の夜の業務について……冥土の土産屋のことについては把握していたんですか」

「全然」

「じゃあ店長にも、おじいさまと同じように元々霊感があったんですか」

「いいえ、あの子はそういう体質じゃない。あの子の父親もね。前にも本人が言っていたでしょ。アンタみたいな生霊たちとコミュニケーションが取れるのは、死神のクソガキと雇用契約を交わしているからなのよ」

「じゃあ、どうして店長は……昼間のお土産屋さんを孫の自分が引き継ぎたいという気持ちはよく分かるんですけど。どうして生前のおじいさまの反対を押し切って、わざわざ雇用契約まで交わして、死神との契約代理店なんて怪しげな夜の稼業を継ごうと……」

忍はレザージャケットのポケットからスマートフォンを取り出すと、望美に渡した。

「これが、その理由よ」

受け取った望美は画面を見た。そこにはひとりの女性の写真が。年齢は二十代前半だろうか。今の望美と同じ年ぐらいに見える。

長いストレートの黒髪に透き通るような白い肌。人形のように整った顔立ちだ。病的なまでに細い肢体に、レースの白いワンピースとつばの広い帽子を纏っている。

可憐な白い花、まるでハナミズキのような人。望美はそう感じた。

「画面をスライドしてごらん」

忍に言われるがままに、望美はスマートフォンを操作する。

そこには同じ女性が、別の服装をして映っていた。しかも男性とのツーショットで。

「あっ、これは！」

茜色の和装メイド服にレースの白いエプロンとカチューシャ。ほうきを持って、その女性はまほろば堂の店頭に立っている。望美が今、身に纏っている服装とまったく同じだ。

ツーショットの相手は真幌だ。いつもの優しい笑顔に藍染着流し姿。しかし現在と大きく異なる点が、ひとつ――。

「店長の髪が……黒い……」

望美はごくりと息を呑んだ。

「忍さん、これって」

「そう、今アンタが着ている和装メイド服よ」

自分の姿を見回す望美。

「望美。アンタさあ、今まで疑問に思わなかったの？　男ひとりで経営している店舗に、どうして女物のメイド服なんてあるのか」

「なんとなく、気にはなっていたんですけど……」

忍が言う。

「彼女の名前は蒼月美咲《みさき》。その服の元の持ち主よ」

首を傾げる望美。

「え、蒼月って。たしか店長はひとりっ子で従姉妹《いとこ》とかの親戚もいないはず……はっ！」

ようやく望美は気付いた。

「それじゃあ……この写真の人が、みーちゃんさん…………」

吹き抜けの高い天井を見上げる忍。彼女は「そう」と遠い目をして言った。

「五年前に亡くなった、真幌の奥さんよ」

◇

真幌と美咲。幼馴染のふたりは、小・中・高と同じ公立の学校に通っていた。

「彼女は子供の頃から、とても可愛らしい女の子だった。でも――」

ふたり姉妹である美咲は、活発で健康優良児の年の離れた姉とは真逆で、生まれつき心臓が悪く病弱だった。その為か引っ込み思案な性格で、学校でも孤立しがちだったのだ。

そんな美咲を、真幌はいつもかばっていた。クラスメイトに冷やかされても、彼女と共に仲間外れになっても。ずっと美咲の味方をして、傍に居続けた。


真幌は高校卒業と同時に、祖父の残した土産屋を引き継いだ。

店の仕事は学生時代から手伝っていたので、ある程度要領は得ていた。それでも自ら店長として働くことは、新社会人の未成年の身には大変な重荷だった。

一方の美咲は、地元の女子大に通いながら店を手伝うようになった。幼馴染の経営する、老舗土産屋の和装メイドとして。病弱な身ながら、健気《けなげ》に新米店主のサポートをした。

「こうして幼馴染のふたりは、同級生ではなく職場の仲間となった。やがて、いつの間にか――」

「――恋人同士として、正式に……お付き合いするようになった」

「そういうこと」

四年後。美咲の大学卒業に合わせ、ふたりは二十二歳で結婚した。店を空けられないので新婚旅行には行けなかったが、新婦側の身内だけのささやかな式も挙げた。

しみじみと忍が「思えば、この頃が一番幸せだったかもね」と語る。

「でも、この後は――」

店の経営は順調とは言えなかった。

まほろば堂は龍蔵の代にはすでに経営難だった。美観地区は観光地だけに他店との競争は厳しい。孫が店を受け継ぐのを祖父が強く拒んだのは、それも大きな理由のひとつだった。冥土の土産屋としては優秀だった祖父も、商売に関しては不器用な人だったのだ。

むろん、すべて承知で引き継いだ真幌だった。大学も経営学部に進学予定だった。しっかり頑張って、自分の代で経営を立て直す。そう強く決意していたが、やはり社会人経験の浅い若い二人には荷が重かった。

若夫婦は、この苦難を乗り越えようと必死に働いた。

美咲は妻としても従業員としても、彼を懸命に支える日々を過ごした。しかし、心労や無理が祟《たた》ったのだろうか。初冬のある肌寒い夜。元々心臓が悪く病弱な彼女は、夕食の準備中に突然倒れた。

「そして……そのまま…………」

死因は急性心不全。享年二十五歳、結婚して僅か三年目の出来事だった。

「葬儀の後でね、喪主の真幌は彼女の父親にこう言われたの」

美咲は元々体が弱かった。

君のことも幼い時から見ていて、ずっと本当の息子のように思っていた。

もちろん、君と一緒になることは美咲が自分で決めたことだ。だから、君を一方的に責めるのはお門違いだと分かっている。それでも。

君の元に嫁いで苦労しなければ、こんなことにはならなかったかと思うと——。

「ってね。だから今でも、彼女の両親とは絶縁状態なの」

「そんな……そんな……それじゃあ、店長があまりにも……」

あまりにも可哀相過ぎる。幼い頃から実の息子のように可愛がってくれた義父からの絶縁宣言。望美は胸の奥が苦しくなった。

「当時の真幌は、本当に見ちゃいられなかったわ」

ずっと『本日休業』の札を掛けっぱなし。

元々飲めない酒を煽《あお》り、昼夜問わず引き籠って泥酔する毎日。

自分も早くあの世へ行きたい。だけどそんな勇気もない。

そうやって憔悴しきっては、薄暗い部屋の中で過ごしていた。

「店長の髪の毛が総白髪になったのも……その時のことなんですね？」

望美の問いに「ええ、見る見るうちにね」と頷く忍。

真幌の純白の髪の色は、望美の想像通り深い悲しみの色だったのだ。

ある寒い冬の真夜中。

吹き荒れる雪の中。気が付けば真幌は、高梁川大橋《おおはし》の上に立っていた。

その日は昼から雪が降っていて、倉敷の町や郊外は珍しく雪景色だった。

真幌の髪の毛は、すっかり白くなっていた。しかしそれは雪だけのせいではなかった。

悴《かじか》む手を白く染まった柵に掛け、橋の上から川の水面を覗き込む。

まるで何かに吸い寄せられるように。

「…………………」

そんな、真幌の雪まみれの白い肩を、背後から誰かがぽんと叩いた。

「なにやってんのよ」

それは亡き妻である美咲の、年の離れた姉だった。

当時東京在住だった彼女は、義理の弟の事が心配になり、所属する芸能事務所に無理を言って実家に帰省していたのだ。

「さあ、帰るよ」

ヘルメットを真幌に差し出し、義姉は背後のバイクを顎で指す。

真幌はそれを受け取らず、目を逸らしながら呟いた。

「放っておいてくれないかな……僕の事なんて………」

大切な人はみんな死んだ。店も閉店寸前。自分にもう居場所はない。自分が死んでも誰も悲しまない。守るべきものも、生きて行く意味も、どこにもない。

そうやって真幌は、溜まった思いを心の中で吐き出した。

「真幌……」

全部、自分のせいだ。体の弱い美咲に、あんなに無理をさせて。それに最期の――。

「……最期の言葉も……交わせなくて……」と思わず口から零れる。

「最期の言葉なら、ここにあるわよ」

義姉はレザージャケットのポケットから、一枚の紙を取り出した。彼女の後ろに束ねた長い黒髪が、吹雪と共に宙を舞う。

「……それは？」

「渡すのが遅くなったけど、クリスマスプレゼントよ」

「クリスマスプレゼント？」

現在は二月半ばだ。妻の美咲が死んでもうすぐ二ヶ月になる。バレンタインの間違いではと真幌は思った。

「先日、ある人から受け取ったの。真幌に読ませてくれってね」

「ある人って？」

「ちょっとひとことでは説明できないんだけど。ここには間違いなく、美咲の最期のメッセージが書かれている」

義姉は真幌に紙を渡した。和紙に書かれた書類だ。言われるがままに目を通す。

「こ、これは！」

おもわず目が止まる。真幌は驚愕の表情を浮かべた。

「そう、アンタの奥さんからのラブレターよ」

書類には見慣れた筆跡の黒い文字で、こう記されていた。

【契約書　私の魂と引き換えに、まほろば堂と主人の危機を救ってください。この店がいつまでも、彼にとってのまほろばでありますように。二〇XX年十二月二十四日　蒼月美咲】

「そ、そんなバカな……」

美咲の命日は十二月二十六日。倒れて意識不明で病院に運ばれたのは、四日前の二十二日だ。しかし筆跡は間違いなく美咲のもの。どう考えても不可解だ。

「まほろば堂は大丈夫。そしてアンタは死なない。これからも、まほろば堂を守ってしっかりと生きていくの。それが美咲の望む未来でもあるのよ」

「全然、意味が分からないよ……これは一体……」

「美咲はね、自分の死がもう避けられないことを知って、この日に死神と契約したの」

真幌が「えっ!?」と驚く。

「そして、この契約書をアタシに渡したある人ってのは。その死神の使いは」

義姉は絶句する真幌の目を見て言った。

「真幌、アンタ自身なの」

◇

「それが店長とマホくんの出会い……だったんですね……」

「そう。店に住み着いている黒猫としてではなく、死神としてのね」

「そして、その随分と年の離れた義理のお姉さんが忍さん、なんですよね？」

「こらっ、随分は余計だけどね」

少し笑って望美の頭をチョンと小突くと、忍は遠い目をして言った。

「彼女の旧姓は中邑。美咲はアタシの妹なの」

その後。次第に店の経営も上向きとなり、まほろば堂は閉店の危機を免れた。

真幌も店主として随分としっかりしてきた。もうすっかり一人前の社会人だ。

すべては、美咲が交わした奇妙な契約書の望み通りになった。

祖父の龍蔵がひた隠しにしていた、まほろば堂の怪しげな夜の業務。その実体は死神との契約代理店、祖父は死神の伝道師だったのだ。

真幌は今回の件で、その事実を身を以て知る事となった。

死神の手先となり、人の命を商品として扱う。そのことについて真幌は随分と悩んだ。

いっそ、この店ごと畳んでしまおうか。しかし美咲が命懸けで守った店を、今更なくしてしまうわけにはいかない。

それにきっと、以前の店主である祖父が亡くなった今でも。行き場をなくした霊たちの魂が、冥土の土産を求めて、店の暖簾の前まで訪れているのだろう。

そんな彷徨う霊魂たちを、このまま見過ごし放って置いてもよいものだろうか。

結局、真幌はまほろば堂の、夜の業務の方も引き継ぐことを決意。黒猫と正式に書面で雇用契約を交わしたのであった。


そこまで話すと忍は「あーっ、しゃべり疲れたー！」と大きく背伸びをした。

「はい、昔話はこれにて終わりっ。とにかく真幌は亡くなった奥さんの遺言で店を続けている。それが、あの子の宿命だったとさ。めでたし、めでたし」

「あまり、おめでたくはないと思いますけど……」

望美は上目遣いで、恐々と聞いた。

「あの忍さん……最後にもうひとつだけいいですか？」

この際、すべての疑問を晴らしてすっきりしたい。望美はどさくさに紛れて、予《かね》てから気になっていたことを質問した。

「忍さんもやっぱり、店長と同じく黒猫のマホくんと……死神との雇用契約を交わしているんですか？」

忍が呆れ顔で掌をひらひらとさせる。

「まさか。冗談じゃないわよ、なんでアタシがあのクソガキと？」

忍は真幌の亡き妻である美咲の実の姉だった。

その事実が判明したことで、彼女が普通の人間であることが明白になった。

だから忍の正体は、幽霊やあやかしや神の類ではないということになる。

なのに何故――。

「じゃあ、どうして忍さんはこうやって、あたしみたいな霊の姿が見えて、普通に会話ができるんですか？」

「じゃあ逆に質問。どうして真幌のじいさんは、マホと雇用契約を書面で交わしてなかったのに、霊の姿が見えて会話ができたの？」

「それは……おじいさまには、元々霊感があったから……ですよね？」

「正解。それが答えよ」

忍はレザージャケットのポケットをまさぐると、何かを取り出した。

名刺入れだ。中から一枚抜き出し、望美に渡す。

「そういえばアタシの職業、まだアンタに教えてなかったわね」

和紙にプリントされた洒落たデザインの名刺だ。

「えええっ!?」

【霊媒師　中邑忍】

「忍さんって、れっ、れいばいしさんなんですか！」

「アタシもね。じいさんと一緒で、子供の頃から霊感が異様に強かったのよ。東京での芸能活動を辞めた後、地元に戻ってその特殊能力を仕事にしたってわけ」

ようやく疑問が晴れた。美観地区周辺の亡霊たちが、彼女を恐れているのも頷ける。

「じゃあ。職業霊媒師にでもなれば、誰かさんみたいにガッポリ稼げるのにって」

「そう、これがその誰かさん」と、忍が笑顔で自分を指差す。

「この商売って、実は案外儲かんのよ。経費はせいぜい交通費のガソリン代ぐらいしか掛からないし、報酬も言い値だし。客にエラソーな態度をとっても、それが逆に貫禄に繋がるし、妙にカリスマ扱いもしてくれるしね。なんて」

「はあ……」

それにしてもである。元タレント・女優で現在は高収入の霊媒師。くのいちライダー中邑忍、彼女は本当に只者ではないと、望美は改めて思った。

「そんな体質だから年がら年中、霊の姿が見え放題じゃん？　子供の頃はそれが悩みでもあった。だから、じいさんにはそのことで、昔から色々と相談に乗ってもらっていたのよ。こんな話、なかなか他じゃあできないからね」

忍の様々な謎が解け少しすっきりした望美だった。残された謎は彼女の実年齢ぐらいだ。

「実は美咲もね、昔から霊感が強い子だったの。だから黒猫の正体や夜のまほろば堂の実体にも、生前からとっくに気が付いていたんだと思うんだよね」

「そうなんだ……」

「それをすべて承知の上で、美咲はこの蒼月家に嫁いできた。まあ、本人が亡くなった今となっては、真相は藪《やぶ》の中ってやつだけどね」

忍は吹き抜けの天井を仰ぐと、長い夜話《よばなし》をこう締めくくった。

「今夜話した内容は、あくまでアタシが勝手に喋ったこと。死神との正式な契約じゃない。だから残りの余命七日間以内に、冥土の土産の契約内容をどう結論付けるのか。ちゃんと考え直しときなさいよ」

# 第四章　あなたの望みを叶えます

余命六日。

望美はアパートの布団の中で、ぼんやりと天井を見つめていた。

昨夜は深夜まで、忍から店主の過去についての話を聞いていた。その後、彼女のバイクで送り届けてもらったのだ。

窓から朝日が差し込み、雀の鳴き声も聞こえ始める。結局、昨夜は一睡もできなかった。

「亡くなった奥様の願い……か」

【契約書　私の魂と引き換えに、まほろば堂と主人の危機を救ってください。この店がいつまでも、彼にとってのまほろばでありますように。二〇XX年十二月二十四日　蒼月美咲】

「あたし、全然かなわないや」

年上の店主への淡い想い。最初から期待はしていなかったが、流石にこれは絶望的だ。

「思い切って告白しないで、本当によかった……」

つぶやく望美の枕元の、スマートフォンに着信が。ＬＩＮＥの通知。店長からだ。

『のぞみちゃーん、おっは！』

「……なんだ、マホくんか」

『今朝、ちょいと小耳に挟んだんだけどさ。今日は例の冥界監査が抜き打ちであるみたいなんだよね。だからのぞみちゃん、本日臨時休業だから。美観地区周辺には絶対に近寄っちゃだめだよ』

望美は以前、マホに言われたことを思い出した。本来は客である生霊を不当に雇用している《う》ことが神様《え》にバレてしまうと、色々と面倒なのだと言っていた。

望美は渋々やりとりを締め括《くく》った。

『分かった。でもマホくん、お休みだからってくれぐれも店長の体を振り回しちゃだめだからね』

◇

家に閉じ篭っていてもネガティブになるばかり。望美は考えをまとめようと外出をした。寒空の下、コートの襟を立てながら岡山市街をあてどなく彷徨い歩く。しかし、これと言ってめぼしい考えは浮かばなかった。

「あたしの冥土の土産、結局どうしよう……」

日も沈みかけた夕方。気が付けば望美は実家の前に立っていた。

「また、ここに来ちゃった……」

実家の玄関の前で、望美がため息混じりに呟く。

冷たい風が頬や首筋に突き刺さる。望美はこれまでのことを思い返した。今すぐにでも記憶の底から消し去りたい、あの日々を——。

◇

「望美、紹介したい人がいるの」

そう言って母がスーツ姿の細身の男性を家に連れてきたのは、望美が高校に入学したばかりの出来事だった。

「びっくりさせちゃってごめんね。でも、望美にはちゃんと話しておきたくて」

年の頃は当時三十代後半だった母親よりも、少し若かっただろうか。背が高く端整な顔立ちで、細いフレームの眼鏡がよく似合っていた。

「よろしくね、望美ちゃん」

人当たりもよく、正直「優しそうな人だな」と望美は思った。しかし思春期の少女だった望美には、この人が新しい父になるかもしれないという現実を、なかなか受け入れられなかった。そして実の父親以外の男性に、惹かれる母の姿も——。

やがてその人は望美の家で生活をするようになった。

内心、抵抗のあった望美だが「おかあさんが幸せになれるなら……」と同居を受け入れたのだ。

一度「再婚するの？」と聞いたら、母は「もしするとしたら、彼の仕事が決まってからね」と笑っていた。

家計は母の収入で賄っていた。望美の実の父の死後、母はスナック勤めをして生活を支えたのだ。

望美の母親は美人だったので、店でもすぐに人気が出た。料理上手で優しくて、実年齢より若く見える綺麗な母。そんな母が密かに自慢の望美だったが、親の仕事については正直、複雑な気持ちを抱いていた。

亡き父に代わり、家計を支えてくれていることには、もちろん感謝している。でも――。

その店で母は、常連客に連れられてやってきたその男と出会った。紳士的な見た目と振舞い。他の客とは違う雰囲気に母は惹かれたのだそうだ。

母の話によると、彼は以前、アパレル系のメーカーに勤務していたらしい。しかし色々あって退職。本人曰く「自分のキャリアが活かせて、納得できる条件の再就職先がなかなか見つからなくて」と、同居を始めた頃には既に無職の状態だった。

そんな彼を信じて母は「焦らなくてもいいのよ。ゆっくり探せばいいから、それまで私が頑張るから」と健気に支え続けた。

望美はそれがどうしても許せなかった。何故、母ばかりを働かせて、自分は仕事をしないのだろう。この男、口は達者で見た目も良いけれど、どうにも信用ならない。

もしかしたら母は騙されているのではなかろうか。仕事は探していると口では言っているものの、本当かどうか怪しいものだ。

母は人の良さに付け込まれて、都合のいいように利用されているのではないのだろうか。そうやって男に対して、不信感を募らせていく望美だった。

目線は合わせず会話も必要最小限。一緒に暮らしていて名前で呼んだことすらない。

家族でもない、信用もできない男の目に自分のプライベートを晒《さら》したくなくて、自分の下着は手洗いで自室干しに変えた。さらには母に無理を言って、自室である子供部屋に内からも外からも掛けられる鍵も付けてもらった。

そうやって暗に、拒絶する態度を取り続けていたのだ。

望美は学校でもますます人を遠ざけるようになった。

元々内気な性格とはいえ、中学時代には望美にも仲の良い友達はいた。先日、アイビースクエアで偶然見掛けた華音がそうだ。

けれど、複雑になってしまった自分の家庭環境がなんだか後ろめたくて、誰にも知られたくなくて。次第に心を閉ざして行った。高校に入るとそれは加速した。

母は、男と望美の板ばさみとなり、ずっと双方に気を使っていた。しかし、あることがきっかけで、実の娘である望美の方を次第に煙たがるようになったのだ。

それは望美が高校二年生の時だった。

母は水商売をしている。だから夜はいつも、あの男とふたりきりとなる。

当時、自分の留守の時や母の外出中は、いつも部屋に鍵を掛けて、閉じ籠っていた望美であった。しかしその夜は鍵を閉め忘れ、ベッドでうたた寝をしていたのだ。

「…………ん？」

何やら人の気配がする。灯りの消えた部屋の中、望美は寝ぼけ眼《まなこ》でベッドの中から辺りを見渡した。

そこにはあの男の背中があった。手を伸ばし、望美の本棚の上を弄《いじ》ろうとしている。

「ちょっとやだ、なに？」

男が慌てたように振り返る。その拍子に手に握られていたものが床に落ちた。

黒い小さなキューブ状の塊が床に転がる。何かの機械のような。

「これって……え!?」

「……しまった……これは、その……」

後に分かったことなのだが、その黒いキューブ状のものは小型のウェブカメラだった。

こともあろうに男は、鍵の開いている隙に望美の部屋に侵入し、隠しカメラで盗撮しようと企《たくら》んでいたのである。

「………………」

絶句したままベッドの上で固まる望美。叫びたいのに、声が出せない。

男が振り返ったときにはっきりと感じた、自分の体を舐めるような視線。そのあまりのおぞましさに、望美はパニック状態に陥ったのだ。

母の恋人が、母の娘である自分に性的な目を向けている。その出来事を思い出す度に、望美は気分が悪くなる。

「……いや……これは……その……あれだ」

狼狽する男の背後から突然、光が差し込んだ。部屋の扉が開く。

「ちょっとあなたたち、一体なにやってるのよ？」

そこには偶然、財布を家に忘れて戻ってきた母、佳苗《かなえ》の姿があった。


その日を境に母の、望美へ対する態度に変化が生じるようになった。

「いってらっしゃい」や「おかえりなさい」といった挨拶がなくなり、朝、食卓に朝食が並ぶこともなくなった。

それまではどんなに夜の仕事が遅くとも、料理が得意な母は家族の朝晩の食事をきちんと用意していた。しかし次第に「忙しいから」と、夕食すらも作らなくなってしまった。

以来、料理を含む家事一切はすべて望美の仕事となったのだ。

それまでは母が頑張って料理をしていたけれど「おかあさん、仕事と家事で大変そうだから」と望美が手伝いを申し出たりもした。

母が娘に料理を教え、娘がそれを一生懸命に覚える。以前の逢沢家のキッチンには、母娘の肩寄せ合う心温まる光景が確かにあった。

そんな日々がまるで嘘であったかのように、冷え切ってしまったのだ。

どんどん親子のふれあいが減り、気が付けば母は娘に対して殆ど口を利かなくなった。

望美はそんな母に言いたかった。あの男が、自分の部屋にカメラを仕込もうとしていた、怖かったと。でも、それを言ってしまえば、母は間違いなく、深く深く傷ついてしまう。

父の死後、母はたったひとりで必死で娘の自分を育ててくれた。そんな母にとって父以外に初めて心を許した相手が、望美に対して、そんな卑猥《ひわい》な目を向けていたと知ったら――。

どうしたらいいのだろう。どうしたら――。

結局、望美は自分の思いを言葉にすることができず、母と娘の間には、深い溝が生じた。

「望美、話があるの」

一年後。望美が高校三年生の時、母から男が事業を立ち上げると聞かされた。

以前、メーカーで働いていた経験と人脈を活かし、個人で商売を始めるとのことだった。

「協力してくれるわよね、望美。別に未成年のあなたに実際に返済しろなんて言わないから。名前だけ貸してちょうだい」

その事業資金調達の為の保証人という形で、ビジネスローンの借用書に判を押すよう打診された。母は、自分とは他に、もうひとり別の人間の名前が必要なのだと説明した。

「おかあさんたちを、助けてくれるわよね？」

当然、保証人になんてなりたくはない。何だか怖いし、それにあんな酷い男に協力する義理などない。

――だけど。

この一年、ずっと冷たかった母が、こうやって娘の自分に頼み事をしてくれている。

それに無職だったあの男が真っ当に働くようにさえなれば、母もきっと楽になるだろう。

そうなれば母はもう、今の仕事だってしなくて済むはずだ。

――それで、おかあさんと仲直りができるなら……おかあさんがもっと幸せになれるのなら……。

そして望美は、その書類に判子を押した。


しかしその後、男は「仕事が忙しいから」と、次第に家に寄り付かなくなっていった。なのにお金は一円たりとも入れてくれない。

母の苛立ちが日々募る。家の空気は更に悪化し、母娘の溝は余計に深まった。

持ち家こそあれど、流石に経済的な負担は大きい。母は次第に返済を怠るようになったのだ。

母は娘に対して、返済の協力を求めた。

「おかあさんひとりじゃあ、もう無理だから。高校卒業したら、あなたも働いて毎月支払うのよ」

望美は地元公立大学受験を目指し、勉強をしていた。合格したら奨学金とバイトで、学費を賄おうと思っていた。しかし学費とローンの返済金を同時に工面できるほどの収入を得る手段を、そのときの望美は思いつけなかった。結局、望美は大学進学を断念した。

高校卒業後、望美は就職先の近くにアパートを借り、実家を出た。

しかし保証人としての責任は付きまとう。未成年の自分は、保証人の契約が無効にできるのではないかと調べたこともあった。でも、そうすれば母を見捨てることになってしまう。だから、どうしてもそれができなかった。

以来、望美は僅かな収入の中から工面し、月々の返済を負担しているのだ。それが望美の抱える借金の正体なのである。


望美が二十歳を過ぎた頃。どの職場に行ってもなじめない望美は、職を転々としていて生活が不安定だった。

望美はある晩、母親に電話をかけた。

この頃の母は返済を拒否し、望美ひとりで全額を負担するようになっていたのだ。

「ねえ、おかあさんも少しは……返済に協力して欲しいんだけど……」

スマートフォンの向こうの母は吐き捨てるように言った。

「一体、何よ。家を飛び出してからというもの、全然連絡してこないと思ったら。いきなりお金の話？」

呂律《ろれつ》が回っていない。泥酔しているようだ。お店ではいくら飲んでも、家では一切酒を飲むことがなかった母のその様子に、望美は衝撃を受けた。

「望美。あなたってほんと親不孝な娘じゃねえ。だいたいどうして私が、あなたみたいな親を裏切る酷い娘を助けなきゃならないのよ」

「あたしが……裏切る？」

戸惑う望美に、母は冷たい声で続けた。

「ええそうよ、あなた、私に隠してることがあるでしょう」

「……隠してること……って？」

「私、知ってるのよ。あの夜、あなたがあの人のことを誘ったんでしょ」

――え？　何言ってるの、おかあさん……？

望美は言葉をなくして、スマートフォンを握りしめた。

「あの人、ちゃんと拒否したって言った後、必死になってあなたのことを庇《かば》っていたんじゃけえ。『望美ちゃんは悪くない。おとうさんも死んでしまって、その上今度はおかあさんを僕に取られたように思って、きっとすごく寂しかったんだ』って。それも知らずにあなたは――」

母の言葉が途切れる。しばらくして、しゃくり上げる声が聞こえた。

どうやら男は自分のした事は棚に上げて、望美が真相を黙っているのをいいことに、罪を擦《なす》り付けようとしたのだ。

『あの部屋は望美ちゃん以外、誰も鍵を開けられない。僕が外から鍵を開けて、あの中に入ることは物理的に不可能だ。それは、鍵をつけた君が一番よく知っているだろう？　つまり君の留守中に、子供部屋に僕を招き入れたのは彼女自身ということさ。だって、そうじゃないか。僕が大切な君の娘を傷つけるような真似を、自分からするなんてありえないよね？』

男はそう言っていたという。

「あ……あたし……」

——あたしがそんなことするわけないじゃない。どうしてあの男の言葉は信じて、娘のあたしのことは信じてくれないのよ！

そう喉まで出掛かったが、もし真実を知ってしまったら母は——。

父の死後、やっと心を許せると思った相手の正体が、あんな姑息で卑猥な最低の人間だと知ったら——。

「それは……」

「ほらごらん。後ろめたいから、何も言えないんでしょう。そうやって何も言い返せないのが、あなたの方から誘ったって何よりの証拠よ」

「…………」

「望美、もう二度と連絡してこないで」

こうして望美は、母との縁を失った。

◇

長い回想から現実に戻った望美は、小さく呟いた。

「ねえ、どうして病院に来てくれないの」

冷えた頬に涙がこぼれる。

「やっぱりあたしのことなんて、もう実の娘とは思っていないってこと？　それとも、あの人に『望美には会いに行くな』って引き止められているの？　死んじゃったおとうさんより、縁を切ったあたしなんかより、今を一緒に暮らすあの人の方が……やっぱり大切だってこと？」

気持ちを吐き出すかのように、深いため息をつく。

「あの時だって……どうして、あたしのことを信じてくれなかったの。どうして、あの人の嘘の方を信じちゃったのよ……」

ひとり娘が瀕死の重体だというのに、病院にすら訪れない。自分はもはや、完全に母から見放されている。だけど――。

「おかあさん……」

この世の最後にもう一度だけ、母の顔を見ておきたかったのだ。

どんなに煙たがられ疎ましがられても、どんなに嫌われ憎まれても。この世に残された唯一の肉親であることに、何ら変わりはないのだから。

望美はためらいがちに、玄関扉のドアノブへ恐々と手を掛けた。

そっと捻《ひね》るが動かない。

「鍵が掛かってる」

こうなれば、母が外出するのを待つしかない。もうすぐ出勤の時間のはずだ。

「でも、もし……あの人が出てきたら嫌だな」

いくらこちらの姿が見えないとはいえ、あの男の顔は見たくない。あの悪魔とは絶対に出くわしたくない。

望美はゆっくりとドアノブから手を離した。玄関前から離れ、近くの電柱の傍に佇む。

しばらくして買い物袋を抱えたふたりの中年女性が、並んで望美の前を通り掛かった。

ご近所の主婦たちだ。年の頃は母親と同じぐらいだろうか。望美にも見覚えがある。

突然、主婦たちは望美の実家の前で立ち止まった。

——えっ、なんで?

動揺する望美。自分の存在がバレたのだろうか。人間である彼女たちは、生霊である望美には気がつかないはずなのに。

主婦のひとりが、望美の実家を指差しながら小声で言う。

「ねえねえ、そういえば逢沢さんとこの旦那さんって」

噂話だ。どうやら望美の姿が見えているわけではなさそうだ。

安心した望美はふたりの傍に寄り、そっと聞き耳を立てた。

「突然、いなくなったんですって。って、もう一年ぐらい前の話じゃけどね」

もうひとりの主婦が呆れ顔で言葉を返す。

「今更なに言ってるのよ。ここのご主人は、十年ぐらい前に亡くなったはずじゃけど」

「違うわよ。あのずっと転がり込んでいた、例の男の方よ」

──え？

「ああ、なんだ。あの無職の内縁夫の方のことね。でも、なんか商売を始めたって聞いてたけど」

「あれね、実は嘘だったんですって。事業を立ち上げるからって、逢沢さんを騙して借金して、実際は他の若い女に貢いでいたみたいよ」

──えーっ！

「昔はお堅いサラリーマンしてたってのも、嘘だったんじゃって。実際はずっと無職で、女の家を渡り歩いて生活していたみたい」

望美は驚愕した。どうやらあの男が家に寄り付かなくなったのは、仕事が忙しいからではなく、母とは別の女の家に転がり込んでいたからのようである。

「へー、ペテン師っていうか、ひどい男じゃったんじゃねぇ。確かに、見た目は男前じゃったけど」

「で、その嘘が逢沢さんにばれて。結局、その若い子とはまた別の女と逃げちゃったらしいのよ」

「まったく、どこまでもクズな男じゃね。まあよくある話じゃけど。ていうかあんた、そんなよその家の裏情報、よお知っとるねぇ」

「実はね。うちの主人の上司が、スナックの常連らしいのよ。美人の逢沢さん目当てで通ってたんだって。でも彼女、そのショックのせいか、ここんとこ随分とげっそりやつれちゃってたみたいよ」

「へー。上司って言って、実は美人のホステスに熱を上げてたのは、ご主人さんの方じゃったりして。あんたも、しっかり気ぃ付けんと」

「ちょっとぉ、変なこと言わんといてよ。まさか、うちの人に限って――」

そこまで聞き終えると、望美はふたりの主婦から離れた。どうしてもいたたまれなくなったのだ。

結局、望美は母の顔を見ることなく実家を立ち去った。

◇

余命五日。

まほろば堂、昼の営業中だ。望美はうわの空で店頭に立っていた。昼間の業務中なので、生霊である彼女の姿は来客や通行人には見えていない。

昨日のことを思い返す。結局、信じていた男に裏切られ、捨てられた母。まるで、母に見捨てられた自分と同じように。

──ふん、いい気味よ。

望美の心の中で悪魔が蠢く。

──ざまあみろよ。きっとバチが当たったんだわ。このまま地獄に堕ちてしまえばいいのに。ていうか、いっそのこと冥土の土産の契約書に『あたしの魂と引き換えに、あのクズなふたりを地獄に堕としてください』って書いて、不幸のダメ押しをしてやろうかしら。どうせあと五日で死ぬ命だ。望美は自暴自棄になっていた。

ふと背後を振り返る。店内奥のカフェスペース。店主の真幌が備前焼のカップに入ったアールグレイと共に、お茶請けとして地元の銘菓を若い女性客に差し出している。

「わあ、かわいい」

赤いリボンのような紐で留められた、手毬《てまり》のような洒落た包み紙。紐を解くと、白い薯《じょう》蕷《よ》に包まれた饅頭が現れる。薯蕷とは、上質の米粉とつくね芋を練り合わせ、蒸し上げた生地のことだ。

ひとくちかじる女性客。歓声が上がる。

「おいしーい！　このお菓子、なんていう名前ですか？」

真幌が笑顔で答える。

「良寛《りょうかん》てまりと言います。玉島《たましま》の円通寺《えんつうじ》で修行した良寛和尚が名前の由来です」

倉敷市玉島に本店を持つ菓子処『ひらい』の看板商品だ。

「良寛は、『子供の純真な心こそが誠の仏の心』との思いを残しました。そこで、子供たちの玩具である手毬に見立てて作られたのが、このお菓子なんです」

「へー」

お菓子の甘さとイケメン店主の顔にうっとりとする女性客。今にも顔がとろけそうだ。

「良寛は、お金や地位や名誉といった欲のないお坊さんでした。僧侶でありながらお寺に住まず、托鉢《たくはつ》しながら子供たちと親しみ、和歌や俳句、書を綴ったりと――」

「托鉢って？」

「僧侶の修行のことです。鉢《はち》を手にしながら民家へと出向き、お経を唱えて回ることを指します」

「ああ、あれね。時代劇とかで観たことあるわ」

「はい。僧侶はその報酬として、食べていけるだけの僅かな米や金銭を受け取ります。そうやって良寛は毎日を慎ましく過ごしていました。そんなイメージからでしょうか、彼は日本人の心のふるさとのような人と称されています」

聞き耳を立てていた望美は、心の中でぽつりと呟いた。

——心のふるさと……まほろば……。

「また民話の良寛さんは、一休さんや吉四六《きっちょむ》さんと並び、とんち話でも有名です。しかし彼の純真さを象徴するエピソードとしては、やはり『かくれんぼ』でしょうか」

「かくれんぼ？」と女性客が聞く。

「はい。こんなお話です。ある秋のことです。子供たちとかくれんぼをしていた良寛は、刈入れられた藁《わら》の中へ隠れました。夕方になると子供たちは見つからない良寛を置いて、そのまま家に帰りました。翌朝になって農家の方がその中にいる良寛を見付けました。なんと良寛は両手で顔をおおったまま、小さくしゃがんでかくれんぼの続きをしていました」

「へー、本当に子供みたいに純真な人なんですね」

——純真、愚直なまでに人を信じる心……か。だったら、あたしは——。

「今日も一日お疲れ様でした」

真幌が一日の業務を終えた望美をねぎらう。

「お疲れ様です、店長」

「望美さん、昨日の休日はゆっくり考えられましたか」

冥土の土産の契約内容のことだ。問われた望美は、ひと呼吸置いて答えた。

「店長。明後日の夜、お時間を頂けますか。それまでに結論を出しますので」

明後日といえば望美の余命三日。いよいよカウントダウンだ。

真幌はにっこりと笑い、優しく包み込むような声で答えた。

「了解です」

◇

――もういいかーい？

『――まーだだよ』

――もういいかーい？

『――もういーよ』

――おとうさん。どこに行ったの？

暗闇の中、望美はかくれんぼをしていた。必死で父の姿を探す。

『――ここだよ望美』

――あっ、見つけた。おとうさ――えっ？

ようやく見つけた父の居場所。そこは暗闇にぽつんと浮かぶ白いベッドだった。

――おとうさん！

枕元に駆け寄る望美。痩せ細った父親が寝そべっている。

細い腕を差し出す父。今にも折れそうだ。望美はきゅっと掌を握った。

『望美。おとうさんはね、これからまほろばに旅立つんだ。そこは争いや憎しみや汚れのない、清らかな幸せの国なんだよ……でも……お前たちに会えなくなるのは寂しい……』

――ねえ、しっかりしてよ、そんなこと言わないでよ！

『――望美。おまえは本当に賢くてしっかりとした子だ。おとうさんの自慢の娘だよ。だから、おかあさんを……望美がしっかり支えてあげて欲しい……』

――そんな……。

『だから望美。おかあさんを……おかあさんをのことを……よろしく頼む……』

――ねえ、待ってよ、行かないで。死なないでよ、おとうさーん！


余命四日。

早朝、望美はうなされて目を覚ました。

「夢か……」

冬だというのに寝汗がびっしょりだ。

望美が子供の頃の出来事。別れの間際、最後に父と会話を交わした時の記憶が、夢となって現れたのだ。

「おとうさん……」

気が付けば寝汗だけでなく、瞳から溢れる雫が頬にも伝っていた。

◇

余命三日。

遂に、望美の冥土の土産を決定する、運命の契約日が訪れた。

いつものように、茜色の和装メイド服姿で望美は店頭に立つ。

【「さっき真幌から『誰かに復讐したいとか』って聞かれて、一瞬考えたでしょ」】

黒猫に言われた台詞が脳裏を過ぎる。

死ねばいいのに。地獄に堕ちてしまえばいいのに。あの日から望美は、心の中でそう何度泣き叫んだことだろうか。

【「なんならボクが冥土の土産に、そいつらまとめて地獄に堕としてあげようか？」】

次に真幌の、先日の接客中の姿が脳裏に浮かぶ。

【「両手で顔をおおったまま、小さくしゃがんでかくれんぼの続きをしていました」】

子供の純真な心こそが誠の仏の心。真幌が言っていた良寛のかくれんぼの話が、頭の中で何度もリフレインする。

置いてけぼりにされても帰ってくるのを信じて、同じ場所で愚直に待ち続ける良寛。そんな姿を真幌は亡き妻、美咲に先立たれた自分に重ねているのだろうか。

以前の夜の客であるＯＬ棚橋恭子の言葉が響く。

【「店長さん、お願いです。冥土の土産に、隆志と最期のお別れの会話をさせて。何も悪くない彼を勝手に疑って、こんなことになってしまった馬鹿な私の後を追おうとするなんて真似を絶対にさせないように、私、彼を説得しないと」】

同じく以前の夜の客、中森親子の件の時に忍から聞かされた、真幌の台詞を思い出す。

【『残された家族が傷つくところなんて、きっと誰も想像したくない。それ以上の未練なんてない』】

真幌の台詞を追い掛けるように、中森の娘の亜紀の声がする。

【「だからね、おじいちゃん、おばあちゃん。あたしは大丈夫……だいじょうぶ……じゃけえ……だい……じょうぶ……だよ……じゃけえ……おとう……さん………」】

そこに重なるように、今度は昨日の夢の中の父親の顔が浮かんだ。

【『だから望美。おかあさんを……おかあさんをのことを……よろしく頼む……』】

——だって、そんなこと言われても……。

以前、母に言われた辛辣《しんらつ》な台詞が未だ頭から離れない。

【「望美。あなたってほんと親不孝な娘じゃねえ。だいたいどうして私が、あなたみたいな親を裏切る酷い娘を助けなきゃならないのよ」】

——だって、あたし。おかあさんには、こんなにも……こんなにも嫌われちゃって。

——おかあさん。あたしが死にかけているのに……病院に来てもくれないのに。

母を見放すも、母に手を差し伸べるも、母を地獄に堕とすのも、すべては自分次第。

終日、何度も天使と悪魔が耳元で交互に囁く望美だった。

——ねえ、あたしどうしたらいいの……教えてよ……おとうさん……店長………。

◇

余命三日の夜。まほろば堂の表の引き戸には『本日閉店』の札が掛けられている。

今日は冥土の土産屋としての予約はなく、望美との面談に時間を割いていた。

カウンター席には、いつものハナミズキの生けられた倉敷ガラスの一輪挿し。真幌が亡き妻を想い弔う手向け花だ。その横で、黒猫がひと鳴きする。

「にゃあお」

そしていつものテーブル席。望美は雪洞ペンダントライトが灯る下で、備中和紙の契約書にサインをした。ようやく結論を出した冥土の土産の願いを、自分の手でしっかりと書き記したのだ。

対面席に座る店主の真幌と、オーナーの黒猫が問い質す。

「望美さん。この内容で本当に良いのですね」

「にゃおにゃおにゃあおおおうん？」

こくりと頷く望美。

「はい。今度こそ決心しました。店長、マホくん。冥土の土産に、あたしの願いを叶えてください」

望美の出した結論。その契約の内容とは――。

「どうせマホくんには心の中を読まれているだろうから。この際、店長にも本音を言っちゃいますけど」

俯きながら、ぽつりぽつりと語り出す望美。

「あたし、本心では母や母の恋人に対して、黒猫くんの言っていたようなことをいつも思っていました。地獄に堕ちればいいのにって。だから黒猫くんに頼んで、冥土の土産にっ……母やあの男のことを、まとめて地獄に堕としてもらおうって……ずっとそう考えていました。あたし、そういう心の汚い人間なんです」

「にゃあおん」

黒猫が小声で鳴く。

「うちの母って心が弱くて泣き虫で、男の人やお酒に溺れて。実の娘より男の人の言葉を信じて。娘が電車に轢かれて死にそうなのに、ほったらかしで病院にも来てくれなくって。それどころか毎日そ知らぬ顔で、普通に仕事にも行っているんですよ。まったく薄情で酷い母親ですよね。本当に憎らしかった。軽蔑してやりたかった。でも……」

真幌は無言でじっと彼女を見つめている。

「でも、あんな母だけど……母も辛かったんだと思うんですよね……」

「………」

「家族思いで優しかった父に先立たれて。辛くて寂しくて。それで悪い男に騙されて。きっと寂しすぎて……心に悪魔が乗り移っちゃったんだろうなって思うんです」

「にゃあおうう」と黒猫が呟く。

「そう、いつも死にたがっていて、死神くんに背中を押された……あたしのように」

黒猫が「ごろごろ」と喉を鳴らす。

「本当は昔みたいな、父が生きていた時みたいな、心の優しい人なんだって。母のことを、そう信じていたいんです。だって……だって……母は……おかあさんは、この世に残された……あたしの、たったひとりの家族なんだから」

高まる感情。震える声。望美の顔が次第に火照る。

「だから……あたし、自分が死んでしまう三日後の……」

望美は頭を持ち上げ、まっすぐに対面の真幌を見て言った。

「あたしが息を引き取る最期の瞬間まで。病院のベッドの上で、母が心配して駆けつけてくれるのを、信じて待ち続けようと思います」

望美の火照った顔に、雪洞が橙色の柔らかな灯りを投げかける。

「裏切られても、見放されても、最期まで……」

そこまで聞いた真幌は、望美の言葉を引き継いだ。

「最後まで実直に子供たちを待ち続けた『かくれんぼ』の良寛さんのように、ですか」

望美が、こくりと頷く。

「結局、あたしって子供なんです。考えが幼いって意味でも、あの人の娘って意味でも」

望美は苦笑した。そんな彼女に真幌が言う。

「以前からも感じていましたが、望美さんって本当に、思いやりがあって心の綺麗な方ですね。あなたのような方に、うちの店のメイドを務めてもらえて本当に良かった。同じ職場の仲間として誇らしく思います」

「ありがとうございます、店長にそう言って頂けて嬉しいです」

素直に賛辞を受け止める。されど『職場の仲間として』という言葉に、複雑な思いを浮かべながら。

契約書と望美を交互に見ながら、真幌が死神との契約内容について最終確認をする。

「それでは望美さん、これで契約は成立です。この内容で間違いございませんか」

「はい、よろしくお願いします」

黒猫マホがぴょんとテーブルに飛び乗る。そのまま朱肉に自分の肉球を乗せ、ペタリと契約書に捺印した。締結の証だ。

「にゃおうにゃおう〜♪」

黒猫が、おどけながらカウンター席に飛び移る。契約成立がよほど嬉しいのか、上機嫌の猫なで声だ。

真幌が長いまつげに包まれた鳶色の瞳で、望美の目をまっすぐに見つめる。望美もそれを見つめ返す。

真幌は静かに言った。

「冥土の土産にひとつだけ、あなたの望みを叶えます」

【契約書　私の魂と引き換えに、母、佳苗の傷ついた心を救ってください。二〇XX年十二月五日　逢沢 望美】

◇

余命二日。


「お世話になりました」

美観地区の夜、まほろば堂の終業後。今宵は望美の死亡前夜だ。

望美はメイド服を丁寧に畳んで真幌に渡すと、深々と頭を下げた。

遂に明日は、望美の死亡予定日。真幌の説明によると、幽体離脱して自由に動けるのは今日で終了なのだそうだ。

明日は病院のベッドの上。意識が回復することはない。

そして、そのまま望美は明晩、死を迎える。

「お疲れ様でした、望美さん。こちらこそ、本当にありがとうございました」

備中和紙の封筒に入ったバイト代を手渡しながら、真幌は丁寧にお辞儀をした。

真幌は望美をじっと見つめている。白髪と長いまつげに包まれた真幌の神秘的な瞳に、望美は吸い込まれそうになる。

望美は照れて視線を逸らす。真幌の横で並んで立っている忍に頭を下げた。

「忍さんにも、本当にお世話になりました」

いつものハスキーボイスで忍が言う。

「どうせアタシらも、そのうち冥土《そっち》に行くんだから。あの世でまた会おうよ」

ひらひらと手を振る彼女。鋭い瞳が少し潤んでいるようにも見える。笑顔も少しぎこちない。

「にゃあおん」

望美は高い吹き抜け天井を仰ぐ。

天井の見せ梁の上から、黒猫の鳴き声がする。

「マホくんとも、さよならね。君とは色々あったけど……元気でね」

黒猫は返事に答えず、ぷいっと闇の中へ消えて行った。

「きっと照れてんのよ、あのがきんちょも」

忍がフォローを入れる。

望美は「ええ」と返事をしながら、視線を真幌と忍の方へと戻した。

「では。店長、忍さん、マホくん。どうかお元気で」

改めて深々とお辞儀をすると望美は踵を返した。

表に『本日閉店』と札の掛かった引き戸を、がらりと内側から開く。

望美は店の敷居を跨《また》いだ。感慨深い気持ちに浸りながら店頭の暖簾を潜り、引き戸をそっと閉める。

前を見る望美。闇夜の美観地区が視界に広がる。

傍に流れる倉敷川の河川敷沿いを、レトロな外灯が淡い光で照らし出している。

連なる白壁や格子窓の町並みに、枝垂柳の並木道。淡い橙色の光が、夜景を幻想的に包み込む。

師走の冷たい風がびゅうと吹きすさぶ。

コートの襟とセミロングの髪を押さえ、望美は振り返り店舗を見上げた。

『まほろば堂』

濃い焦げ茶色の木製看板に、白い毛筆書体で記されたこの店の名を、改めて胸に刻む。

ひとりぼっちだった自分が死ぬ間際になって、ようやく出会えた居場所。

心許せる暖かい職場の仲間たち。そして、心ときめく憧れの上司――。

「さよなら、まほろば堂……さよなら……店長……」

望美の瞳から溢れる涙が、はらはら冷たい風に舞う。

こうして望美は、まほろば堂に別れを告げた。

◇

その晩、アパートの自室で望美は夢を見た。

地獄の淵を彷徨う夢だ。うなされた後、はっと目覚める。

「……夢か」

そこはまさに、魑魅魍魎《ちみもうりょう》が踊り狂い阿鼻叫喚に塗《まみ》れた、地獄絵図そのものだった。

――あたしの行き先は……冥土は……天国とは限らない……冥土は地獄かもしれない……冥土には……おとうさんはいないかもしれない……悪魔しかいないかもしれない……

怖い……冥土は……怖い……。

未知と言う名の恐怖に怯える望美。布団の中で、がたがたと歯を鳴らし全身を震わせる。

――怖い……怖い……死ぬのは怖い……。

涙が止まらない。押しつぶされそうになる感情が、望美の瞳から堰を切ったようにあふれ出す。

望美はぶるぶると震えながら、枕を抱え布団の中でうずくまった。

――怖いよう……おとうさん……怖いよう……おかあさん……。

枕を濡らしながら、何度も何度も繰り返す望美。

眩暈《めまい》が彼女を襲う。布団の中で、天地がひっくり返る感覚に見舞われる。

望美の意識は、すうと薄れて行った。

◇

余命一日。

望美がこの世に生存する最後の日だ。

本日、十二月七日の午後十時三十七分五十八秒を以て彼女の死亡が確定する。事前に、そう告げられていた。

――ここは？

目覚めると、望美は真っ白な世界にいた。

――嗚呼《ああ》、あたし死ぬんだ。あの世へ行くんだ。

――おかあさん……結局来てくれなかったな……。

――最期は、おかあさんが涙を流しながら駆け付けてくれて。

――そしてあたしは、おかあさんに看取られながら天国へと旅立つ。

――そんな感動的なエンディングを密かに期待していたけど。

――やっぱりドラマや映画のようには、いかなかったわね……。

冥土へと旅立つ白い世界の中で、望美の意識が次第に遠のいて行く。

かと思いきや――。

「にゃあご」

どこからか聞き慣れた猫の声が微かに聞こえた。

――ん……黒猫くん？

同時に望美の視界の中に、人間の顔の輪郭がおぼろげに浮かび上がった。

どうやら子供ではなさそうだ。

――誰……別の死神？

想定に反して、次第に目が冴えていく望美。輪郭が色濃くなる。

――もしかしておかあさんが来てくれた……んじゃなさそう……。

ぼんやりと見える顔は、残念ながら女性ではない。どうやら男性のようだ。

――じゃあ……もしかして店長があたしの最期を看取りに来てくれた……のでもなさそう……。

それは中年男性だった。

――じゃあ誰……おとうさん……まさかあの人？

しかし実の父親でもあの男でもない。

――違う……じゃあ一体、あなたは誰なのよ！　もしかして神さまっ⁉

望美は、かっと目を開いた。

目と目が合う。そこには白髪交じりの見知らぬ中年男性の姿があった。

白衣を身に纏っている。どうやら医師のようだ。銀縁眼鏡の奥の目が点になっている。

医師の傍には若い女性の看護師がひとり、あんぐりと口をあけて佇んでいる。

──ここは……どこ？

ゆっくりと首をめぐらせ、辺りを見回す望美。そこは白い部屋だった。

以前、まほろば堂の雪洞ペンダントライトの立体映像で見た光景と同じ。おそらく病院の集中治療室だ。

──……ま、まさか！

視線を下ろし、自分の姿を確認する。全身が包帯で覆われている。

口元をまさぐると酸素マスクが。望美はおもわずそれを外した。全身には無数の管が付けられていて、生命維持関係らしき機材に繋がっている。

「うそ、やだ……あたしって……もしかして……生きてる？」

望美の主治医である中年医師が驚愕の表情を浮かべている。彼は看護師と目を合わせながら言った。

「ま、まさか。ありえない。あの絶命寸前の状態から意識を回復するなんて……」

主治医は大声で叫んだ。

「奇跡だ。まさに奇跡としか言いようがない！」

◇

一週間後。十二月十四日。

「あれはすべて夢だったのかしら……」

病院の夕食を終えた望美は、白いベッドの上でぽつりと呟いた。

岡山市内の総合病院の個室。そこが彼女の入院先だ。

細い体に纏っているのは、淡いピンクの病院着。他は栄養剤の点滴チューブが一本だけ。

既に、包帯も生命維持装置の類も取れている。奇跡的な回復力だと、主治医も驚愕していた。体の痛みどころか傷痕も消えてしまった。まるですべてが嘘だったかのように。

そう、嘘。冥土の土産屋まほろば堂も、死神との契約も。真幌も、忍も、黒猫の存在も。すべては誤って駅のホームから転落し、生死の境を彷徨っていた自分が見た夢の中の物語だったのだろうか。

そんな漫画みたいな夢オチがありえるのだろうか、と望美は疑問に思った。

母は、相変わらず病院には来てくれない。

最期は母が涙ながらに駆け付けて、そして自分は母に看取られながら天国へと旅立つ。そんな感動的なエンディングも予想が外れてしまったようだ。

派遣切りにも遭った。もう契約期限も過ぎている。つまりは無職だ。おまけに未だ多額の借金が残っている。ぼっちで崖っぷちな状態も、事故の前とまるで変わりはない。

その上、ここの入院代をどうやって支払っていけばよいのかを考えると頭が痛い。いきなり夢の世界から、辛辣な現実に引き戻された望美だった。

ぼんやりと窓の外を見る。辺りは日も沈みかけて薄暗い。そろそろブラインドを閉めようと立ち上がりかけた矢先、扉がノックされた。

「はい、どなたですか？」

扉が開く。同時に、耳に覚えのある声が聞こえた。

「ふふっ。残念ながら夢オチじゃないんだよね」

現れたのは小学校高学年ぐらいの児童だった。

黒いパーカーを羽織ったファンキーファッション。フードとサングラスを頭に被せ、ヘッドフォンを首にぶら下げている。子供にしては洒落た様相だ。その姿にはしっかりと見覚えがある。

少年と目が合う。微笑む少年。澄んだ蒼色の瞳だ。

「やあ。元気してるかい、のーぞみちゃん？」

「ま、マホくん……」

そう。真幌に憑依した黒猫マホが、少年の姿で病室へと訪れたのだ。

「だいたい、さっきから黙って心の声を聞いていたらさ。夢オチだの、薄幸ヒロイン死亡でお涙ちょうだいだのって。そんな安っぽくてくだらないありがちなエンディングを、このボクが用意しているわけないじゃん」

相変わらずの上から目線ぶりだ。

「ねえ、ボクは神だよ。神さま仏さま、このボクさまを見くびってもらっちゃあ困るんだよね」

――って神は神でも、死神のくせに……。

望美はベッドの上から、マホに向かって叫んだ。

「じゃあ、どういうことか教えてよ！　どうしてあたしは生きているのよ？」

いつもの調子で、しれっと答えるマホ。

「そんなの決まってるじゃん。ボクが神の力で奇跡を起こしたからだよ」

「だから、どうして。だって黒猫くん、あたしが死ぬことをあんなに望んでいたのに」

「フフフッ」

「ねえ、どうしてあたしの命を救ったのよ。死者は決して冥界から蘇らないはずじゃなかったの。それとも前に言っていたみたいに……一旦助けておいて、今度は別の方法で死んでもらうって魂胆なの？」

「なに言ってんだよ。だから違うって。だいたいのぞみちゃん、契約書に『あたしの大怪我、きれいさっぱり元通りに治してね♪』なんてヒトコトも書いてないじゃん？」

おちゃらけて望美の口真似をする少年。どこまでも人を食った態度だ。

「それはそうだけど……」

「でしょ？　一旦殺しかけて、やっぱり助けて、またまた死んでもらおうとする。なんで誰にも頼まれてないのに、そんなめんどくさいことしなきゃなんないのさ」

「確かに……」

では何故、死神のマホは魔力で奇跡を起こし、絶命寸前の望美の命を救ったのだろうか。

少年の一連の行動は、実に不可解で意味不明である。

「じゃあ、そろそろ解答編《ネタバラシ》と行こうか。まずさあ、のぞみちゃん。今まで疑問に思わなかったの？　どうして実の娘が死にそうなのに、ママがお見舞いに来てくれないのかって」

少年が、ベッドの上の望美に問い掛ける。

困惑の表情で望美が答える。

「それは……おかあさん、あたしのことを嫌っていたから……もう、二度と連絡してこないでって……」

「まあ、それっていわゆる可能性のひとつってやつだよね」

したり顔で少年が続ける。

「そう、見舞いに来ない理由となる可能性は三つ。ひとつは入院の事実を知らされていない。まあキミの転落事故の、親族への連絡に関しては、互いに絶縁状態とはいえ消息不明ってわけではないから、これは考えにくいよね」

望美は、こくりと頷く。

「ふたつ目はさっきのぞみちゃんが言ったように自分の意志で来ない。では三つ目は?」

「……物理的に足を運びたくても運べない?」

少年が首を縦に振る。

「正解。それが真相だったんだよ」

「そ……それって……」

「そう、のぞみちゃんのママは別の病院で入院していたのさ。末期の膵臓《すいぞう》ガンでステージ4。随分と前から、昏睡状態で意識不明の重体なのさ。今頃、ICUのベッドの上でお寝んね中だよ」

衝撃の事実を聞かされて、望美は愕然とする。

「おかあさんがガン? なんで? ねえ、どういうこと?」

目を白黒とさせて、望美は慌てふためく。

「そんな……そんなことが……だって、おかあさんは元気だった。だって、つい先日あたしはこの目で、おかあさんが家を出て仕事に向かうところだって見たのに」

望美は先日実家に行った時、平然とした顔でスナックへと通勤する母の姿をこの目で確認した。だから、昏睡状態で動けないなんてありえない。

「ふふっ」

「ちょっと、なにがおかしいのよ」

「ふふふふっ、まーだわっかんないかな、のぞみちゃん？」

「って、じゃけえなによ」

「だーからぁ、それはキミのママの生霊だよ」

「なっ！」

望美は仰天した。

「生霊って……じゃあ、おかあさんはし、し、死ぬの？　死んじゃうの？」

望美の頭が真っ白になる。

そんな望美の様子にかまわず、マホが楽しそうに話を続ける。

「そう、何から何までちょっと前までの、のぞみちゃんと同じ状態だったってわけさ。ほーんと似たもの親子だよねぇ」

それにしても逆に母の入院の方は、どうして望美の耳に伝わらなかったのだろうか。

絶縁状態だったとはいえ、住所も連絡先も知っているはずだ。それなのにどうして。

そんな疑問を浮かべながらも、望美は呆然とする。

「で、のぞみちゃん、さっき言ってたよね？『どうしてあたしは生きているのよ？』って。

その理由となる可能性は、ただひとつ」

少年が人差し指を突き立てる。蒼い瞳がきらりと輝く。

「のぞみちゃん自身以外の誰かが、冥土の土産の契約としてボクに奇跡を願ったからに決まってんじゃん。自分の魂と引き換えに、のぞみちゃんの命を救ってくださいってね」

望美が神妙な面持ちで、改めて契約書に目を落とす。

「そう。自分の命を投げ打ってでも、自分以外の命を助けたい。そんなのってフツー、よっぽどの聖人君子か、親ぐらいしかありえないよね。それがすべての答えなのさ。自然の摂理ってやつだよ」

望美が少年から受け取った冥土の土産の契約書。そこには、まぎれもなく見覚えある母の筆跡で、こう記されていた。

【契約書　私の魂と引き換えに、娘、望美の命を救ってください。　二〇XX年十月一日
逢沢 佳苗】

「そう、のぞみちゃんのママ上さまが、冥土の土産にキミの命を救ったのさ。カワイイ実の娘の為にね」

「そんな……そんなバカなことが……。じゃあ、あの時。おかあさんは、あんなおめかしして何処《どこ》に」

生霊となった後も、仕事先のスナックに向かったのだろうか。

「違うって。まだ分かんないのかい」

望美の心を読んだ少年が、すかさず真相を語る。

「職場じゃなくって、まほろば堂に客として向かってたんだよ。よっぽど仕事好きか職場の人間関係が良好かならともかく、これから死のうって生霊が、わざわざ働きに行かないでしょ。のぞみちゃんだってそうだったじゃん」

確かに望美も自分が生霊と自覚してからは、居心地の悪い派遣先には行かなくなった。

「それは確かに……でも、だってあの日は冥界監査の日って……」

「ああ、それ？　そんなのウソに決まってんじゃん」

「ええっ！」

「のぞみちゃんのメイドのバイトが休みの日を、キミのママの来店日に当てていた。それをボクは監査の日って偽っていたのさ」

「ななな、なんですって！」

「寿命が尽きる日まで、まだしばらくあったから。ママはそれまでイロイロと真幌に話を聞いてもらってたのさ。のぞみちゃんがいたら、できない話もきっとあるでしょ？　だからキミとママが店で鉢合わせしないようにしたってわけ」

「じゃあ、忍さんも店長も……全部、真相を知ってたの？」

少年がニヤリと笑う。

「そんなのあったり前じゃん。全員グルなのは当然さ」

「！」

喩えようのないショックが望美の脳天を直撃する。

「そう。すべては、のぞみちゃんを騙す為の芝居だったのさ」

知らぬは自分だけ。例の中森親子の時と同じだ。

「そんな……ひどい……ひどい、みんなして……」

わなわなと震える望美。

一旦落ち着こうと契約書の文面に再度、目を通す。

「ん？　ちょっと待って。この日付、なんかおかしい……」

【契約書　～　二〇XX年十月一日　逢沢 佳苗】

契約日が二ヶ月以上も前になっている。望美が突き落とされたのは十一月。十月の時点での自分は、五体満足でピンピンとしていたはずだ。

望美は、母が契約を締結した日付に、矛盾があることに気が付いたのだ。自分が駅のホームから突き落とされた時期よりも、この日付が随分と前であるという不可解な事実に。

「こっ、これは、どっ、どういうことよ！」

顔を真っ赤にして少年に問い質す。

「あっ、ばーれちゃった？」

少年がペロリと舌を出す。

「これって、まさか……娘のあたしが死ぬって偽って、おかあさんを騙してサインをさせたってわけ？」

「人聞きの悪いこと言わないでよ。娘の不幸をちょいとダシに使わせてもらっただけさ」

「じゃあ、あたしの書いた契約書は？」

例の中森親子の一件の『特約契約書』のように、ダミーのインチキ書類なのだろうかと望美は思った。

「ああ、あれは本物だよ。望美ちゃんの本当の寿命が尽きた時に、ありがたーく使わせてもらうからさ。随分早々と、ご契約まいどありぃ」

「ひどい、そんなの詐欺じゃない！」

「えーっ、詐欺とはひどいなあ。冥土の土産の締結や決行のタイミングって、別に死ぬ直前に限ったことじゃないんだよね」

少年が嬉しそうに言葉を続ける。

「だからさ、のぞみちゃんがいつか寿命で死んだ暁には、ボクがちゃーんと冥土へ連れて行ってあげるよ。それが明日か八十年後かは、神のみぞ知るってやつだけどねぇ」

望美の顔が怒りで赤くなる。

「ひどい、そんな人を騙すようなやり方で契約書にサインさせるなんて、そんなのひどすぎる……ん？」

次に望美はふと浮かんだ疑問をぶつけた。

「じゃあ、あたしを駅のホームから突き落とした理由は？」

実の娘が瀕死の重体で余命あと僅か。それが母親にサインをさせる為の単なる嘘《フェイク》であれば、娘を本当の死の淵にまで追い込む必要はないはずだ。

「ん、ああ。そのことね」

しれっと答えるマホ。少年の口から、意外な返答が告げられる。

「だって、その方が面白いっていうか。ハナシが盛り上がるじゃん？」

「なななーんですって！」

望美は驚愕の声を上げた。

「だってのぞみちゃんって、いつも死にたがってたし。ついでにキミの願いも叶えちゃおうかなってとこかな。特別サービスだよ」

「なっ、なにが特別サービスよ！　あたし本当に死んじゃうかと……この一ヶ月、本当に本当に恐かったんだからね！」

「まあいいじゃん。こうやって無事に一命を取りとめたんだからさ」

「…………」

マホが望美を突き落とし瀕死の状態にしたのが十一月。なのに母親が『瀕死の娘を助けてください』とマホと契約をしたのは、それより一ヶ月も以前の十月。

これはつまり十月以降、望美はどんな大事故に合おうとも一〇〇パーセント助かることを意味している。そんなカラクリをマホは事前に仕組んでいたのだ。

もちろん、神の定めた寿命が尽きる前であれば、望美は死なない。しかし死ななくても、大怪我をして「瀕死」の状態のままになることはありえたのだ。

だからこそ、「瀕死の娘を助けるために」書かれた望美の母の契約が効力を発揮した。

望美が瀕死の状態から確実に復活できることを前提とした、悪ふざけのイタズラ。そう、望美の駅のホーム転落事故はマホの仕掛けたドッキリだった。しかも真幌も忍もすべてを承知の上、すべては組織ぐるみの大芝居だったのだ。

仕掛けの張本人であるペテン師マホが、したり顔で続ける。

「ていうか、そんなに死ぬのが怖かったんだったらさ。これに懲りて、二度と『あたし死んでしまいたいのクスン』ってウジウジメソメソ思わないこったね。ねーっ、優柔不断で泣き虫の、の・ぞ・みちゃーん？」

悔しいけど仰る通りだ。ぐうの音も出ない。

「とにかくさ、ボクはふたつも契約が取れて幸せ。死にたがりののぞみちゃんは、お望み通り臨死体験できて幸せ。キミのママは、死ぬ前にケンカ別れしていた娘に罪滅ぼしできて幸せ。これで、みーんな幸せいっぱいさ」

「なにが幸せいっぱいよ。ひどい、ひどすぎる。みんなでグルになって……今までずっと、あたしたち家族のことを騙してたのね」

「だから人聞きの悪いこと言わないでよ。きっとママも『娘の命を自分が助けたの』って、内心救われてんじゃない？　だから、ちゃーんとキミの『ママの心を救って』って願いは叶えたじゃん？　ねっ、どっちも詐欺じゃないでしょ」

だから詐欺ではない。その言葉こそまさしく、これ以上ない詐欺師の常套句だ。

「……ねえ、マホくん。せめて、あたしの冥土の土産の契約書、書き直させてよ。『おかあさんの命を救ってください』って」

「なーに言ってんのさ。今更、無駄だよ。冥土の土産の契約で、願いを叶えるのは一度こっきり。のぞみちゃんのサインもボクの拇印《ぼいん》も押してあるから、締結後の変更は不可能なんだよ。今回、キミはママの『心を救って』とは書いたけど『命を救って』とは書いていない」

「そんな……」

「それに、瀕死ののぞみちゃんを助けることで、ママの方の願いは叶えちゃったしね。だから諦めなよ。だいたい、ボクが気まぐれに背中を押したキミとは違って、キミのママの死は最高神《おかみ》が定めた寿命なんだ。だから今更ジタバタしても始まらないのさ」

「…………………」

「ねっ、ウィンウィンな関係の素敵なエンディングでしょ。めでたしめでたし」

両手のピースサインをにぎにぎとさせるマホ。お得意のポーズだ。

望美の中で、めらめらと炎が燃え上がる。

「……じょ、冗談じゃないわよ」

ばあんとベッドの上に設置されたテーブルを叩く望美。終えた夕食の食器が宙を舞う。

「ふざけないでよ、なにがウィンウィンよ。なにが素敵なエンディングよっ！」

彼女の怒りが沸点に達した。

「ねえ、そこまでして契約が欲しいってわけ？」

「ああ、欲しいね」

まるで悪びれることなく言い返す少年。

「当然じゃん、それがボクのオシゴトなんだからさ」

「仕事なら何でも許されるってわけ？　ふざけないでよ。最後の願いの重みを、人の人生をなんじゃと思ってんのよーっ！」

母が死ぬ。そのことをどこかで理解したくない。だから、この怒りはただの八つ当たりなのかもしれない。しかし、それでも怒りをぶちまけずにはいられない望美だった。

少年が、ちらと腕時計を見る。

「あれ、もうこんな時間じゃん。じゃあボクは帰るね。これからご近所のメス猫ちゃんとデー……おっと、外回りの営業があるのさ。んじゃあねん♪」

少年は泥棒猫のように素早く踵を返し、病室を立ち去った。

バン！

望美は病室の扉に向かって、おもいっきり白い枕を投げつけた。

「なにやってんだろ、あたし……」

うなだれる望美。ブラインドを閉めそびれた窓の外は日が暮れかけている。父が教えてくれた『逢魔が時』だ。

ぽたぽたと涙が白いシーツを濡らす。

「おかあさん………」

望美が濡れたシーツを、ぎゅっと握り締める。

「おかあさんが……もうすぐ死んじゃう……どうしよう……」

早く傍に駆け付けてあげたい。母はいつまで生きていられるのか。そもそも、母は今どこにいるのか。どこの病院で、最期の時を迎えようとしているのか。

けれど、望美には何も分からない。

「おかあさんが……おかあさ………」

そのまま望美は、ベッドの上で泣き崩れた。

◇

数日後。

退院を間近に控えた望美の元に、若い女性看護師が花束を届けてくれた。

望美の奇跡の目覚めをあんぐりと口を開けて見届けた、例の担当看護師だ。

「逢沢さん、退院祝いの花束が届いてますよ」

「ありがとうございます」と受け取る望美。

「綺麗なガーベラのプリザーブドフラワーですね」

看護師が言う。黄色とオレンジ色のガーベラ。交ざると茜色に見える。まるで望美がまほろば堂で着ていた和装メイド服のようだ。

最近では感染症の予防対策として、病院内への生花の持ち込みをNGとしているケースが多い。そのため、見た目は生花の鮮やかさを保ちつつも、水分を取り除いたプリザーブドフラワーは、配慮のあるお見舞いとしても人気だ。

添えられた伝票を見ると、差出人は『土産屋「まほろば堂」倉敷美観地区店　蒼月真幌』と書かれている。

几帳面な性格を現す丁寧な筆跡。真幌のものだ。

「差出人の方、マナーが分かってらっしゃるようですね。それにすごくセンスが良くて素敵な花束。羨ましいなあ、カレシさんですか。きっと素敵な方なんでしょうね」

「いえ、そんなんじゃあ……前の職場の店長というか……ただの上司です」

「えーっ、でも逢沢さん。ここにあるガーベラの花言葉ってご存じですか」

黄色い花弁を指差す看護師。

「いえ」

看護師はにっこりと笑って答えた。

「『究極の愛』っていうんですよ。長年連れ添った仲の良いご夫婦や家族に贈るのにピッタリのお花。銀婚式・金婚式を迎える両親や祖父母などへのプレゼントとしても人気なんですって」


看護師が退出したのを見計らうと、望美は俯き呟いた。

「なによ今更……」

望美はプリザーブドフラワーの花束を手に取った。

「ん？」

一枚のカードがベッドの上にはらりと舞い落ちる。どうやら花束の中に、紙が挟まれていたようだ。

拾い上げる望美。備中和紙のメッセージカードだ。

「だからなによ、今更」

文字を視線でなぞる望美。伝票と同じく真幌の筆跡だ。

はっと息を呑み、目が止まる。

「こ、これは！」

そこには母が入院している病院名と、母の死亡予定日時が書かれていた。

◇

十二月二十四日。

その日の岡山市内は雪景色だった。

昨夜から雪が振り続き、ホワイトクリスマスとなった。温暖な気候で有名な『晴れの国おかやま』にしては珍しい出来事だった。

そして今日は望美の母、逢沢佳苗の死亡予定日でもある。まほろば堂からのメッセージカードで望美は事前にそう告げられていた。

つい先日退院した望美は、アパートから電車とバスを乗り継ぎ、岡山市内の総合病院へと向かっていた。望美は母の最期を看取りに出掛けたのだ。

コート姿の望美を乗せたバスが、天満屋バスステーションを通過する。

窓に「はあ」と息を吹き掛け、手で擦《こす》る。

窓の外を見る。クリスマスのイルミネーションに彩られた町並みだ。天満屋百貨店やクレド岡山の周辺では、きらきらとした包装紙に包まれた大きな箱を抱えた、大勢の家族連れの笑顔が目に映った。

望美は膝の上で、こぶしをぎゅっと握った。


「——どうぞお入りください」

望美は、岡山市内の大型総合病院に来ていた。中年の女性看護師に招かれて、望美は母のいる集中治療室に入室した。

担当医からの事前の説明によると、母は意識不明の危篤状態。今晩まで持たないだろうとのことだった。

望美に今日まで連絡が行かなかったのは、入院の際の保証人ではなかったこともあるが、やはり母本人が強く希望したからだそうだ。

娘にはひどい仕打ちをした。今更合わせる顔がない。だから娘への連絡は、自分が死亡した後にしてくださいと、医者に泣きすがりながら懇願したそうである。

「おかあさん……」

そこには白いベッドに横たわる、痩せ衰えた母の姿があった。口には酸素マスク。無数の管が全身に付けられている。

まほろば堂の雪洞で見た自分の姿と、まるで同じような光景だ。

生死の境を彷徨いながら眠り続ける母。つい先日まで、自分がそうであったように――。

「現在、面会謝絶となっておりますが……どうぞ最期のお別れをしてあげてください」

看護師は神妙な面持ちで退出した。


ベッドの脇のパイプ椅子に腰掛け、望美は母の痩せ衰えた手を握る。

「おかあさん……こんなことなら……」

どんなに嫌われても、どんなに疎まれても、密に実家へ連絡をしておくべきだった。そう深く後悔する望美だった。

無言の再会。最後に母と話がしたかった。今、母は何を考えているのか。母は自分のことをどう考えていたのか。

少なくとも絶縁のきっかけとなった、例の誤解だけは解いて別れを迎えたかった。しかしすべては後の祭り。母の顔を見つめる望美の瞳に、悔し涙がじわりと浮かんだ。

その時。

「にゃあおん」

望美の背後から、耳慣れた猫の鳴き声が聞こえた。

「マホ……くん？」

冥土への道先案内人として、母を迎えに来たのだろうか。望美は振り返る。

「きゃっ、眩しい！」

突然、望美の視界が白い閃光に支配された。


「――ここはどこ？」

気が付くと望美は白い世界にいた。以前、自分が生死の境を彷徨った場所だ。

自分の姿を確認すると純白の衣を身に纏っている。まるで天女の羽衣のようだ。

『――もういいかい？』

どこからか人の声がする。聞き覚えのある声だ。

「……え。もしや……その声は」

『もういいかい？』

白い世界の中。何度も繰り返し、かくれんぼのフレーズを望美に問い掛ける声。

望美は恐々と返事をした。

「もう……いいよ」

そう答えた瞬間。望美の前に白い炎のような揺らめきが立ち上った。

「え？」

白い炎の中から、人の輪郭がぼんやりと浮かび上がる。

「え、なに？」

徐々に透明な状態から半透明な姿へと移り行く。

女性だ。今の自分と同じく白い羽衣を着ている。

「あっ！」

望美は叫んだ。視界に浮かび上がった、その半透明の女性は――。

『望美……』

母の佳苗だった。


「おかあさん！」

先ほどまでのベッドで寝ていた痩せ衰えた体ではなく。白い羽衣を身に纏い、望美の記憶にある元気だった頃の姿をしている。

『望美……』

これは夢か幻か、それとも母の霊なのか。様々な疑問が望美の脳裏に浮かぶ。

仮に霊だったとして、人間に戻った望美には霊魂は見えないはずだ。なのに今は、こうして霊となっているらしき母の声や姿が確認できる。

つまりは望美自身も、再び生霊と化しているのだろうか。

「これって……もしかして……黒猫くんの仕業？」

再び背後から「にゃお」と小さく声がする。振り返ると遠くから、黒猫がこちらの様子を窺っている。

望美の体を一時的に幽体離脱させることで、母親の魂との再会を果たさせる。

そう、黒猫マホが逢沢親子の為に、最期の奇跡を起こしたのだ。

「マホくんったら……」

ふふっ、特別サービスさ。クロネコサンタからの宅配便だよ。

いつもの調子でいたずらっぽく、そう言いたげな表情を黒猫は浮かべる。

「にゃあおん」

黒猫は蒼い瞳をきらりと光らせると、踵を返した。

そしてそのまま、白い世界の果てへと消えて行った。


『ごめんね……望美』

望美は母の声のする方へ顔を向け直した。

「おかあさん……」

『本当にごめん……今まで望美に、辛く当たってしまって……』

半透明の母が瞳に涙を浮かべながら、望美に対して謝罪の言葉を繰り返す。

『おかあさんが馬鹿だった。私が愚かだった。全部、あの時の真相は……まほろば堂で聞いたわ……』

眉をひそめる望美。あの男との件のことだ。

『あの時の様子。まほろば堂の店長さんから、不思議な雪洞に映った立体映像で見せてもらったの』

「………」

『どうしてあの時、おかあさんに本当のことを言ってくれなかったの？』

「それは……」

ゆっくりとかぶりを振る母の生霊。

『ううん、分かってるの。すべては私を傷つけない為だったんでしょう？』

「おかあさん…………」

ぽろぽろと涙を流し、佳苗が懺悔《ざんげ》する。

『望美、本当にごめんなさい。ほんと、母親失格よね――』

愛する夫が死んで、慣れない水商売で身を粉にして。

これからは幼い娘をひとりできちんと育てなければならない。

父親がいないことで、娘にみじめな思いをさせたくなかった。

だから少しでも早く、娘に新しい父親を作ってあげたかった。亡くなった彼のように、優しいおとうさんを。

でも、それは全部、言い訳。

彼がいなくなって辛かったのは、娘の望美も同じこと。

子供である望美の方が、よほど辛かったはずなのに。

自分はそこに輪をかけて、娘を苦しめるようなことをしてしまった。

取り返しのつかないことをしてしまった。

そう自分を責める佳苗だった。

どんなに謝っても謝り切れない。こんな自分の冥土の土産ひとつで、償えるなんて思っていない。だけど――。

『ごめん……ごめん………本当にごめんなさい……』

「ううん、もういいの」

頭をふりながら、望美はそっと母の細い肩を抱いた。

『望美……』

「おかあさんが、本当のことを分かってくれれば……あたしはそれでいいの……」

母の姿が次第に薄くなって行く中、ふたりは色々なことを話し合った。

これまでの離れていた時間を、互いに埋め合わせるかのように。そう、最期の別れの瞬間まで。

母がしみじみと語る。

『あの店長さん、どことなくおとうさんに似ているわよね。まあ、あそこまで背が高くてハンサムじゃなかったけど』

「じゃあじゃあ、あたしもそう思う。ちょっと理屈っぽくて薀蓄話が長いところなんかもね」

『じゃあじゃあ』

じゃあじゃあ、岡山弁で「そうそう」という意味だ。ふたりが微笑む。

『でも、本当に良い人だった。契約のサインをしてからも、すごく親身になってくれて。色々と話を聞いてくれて。愚痴や悩みを、暖かく受け止めてくれて』

「うん……」

『店長さん、あなたの事をこう言っていたわ。「今、お嬢さんは僕の店で働いています。彼女はとても優しくて心の綺麗な、本当に素敵な良い子です。僕が責任を持って彼女の身元を引き受けますので、どうぞご安心ください」ってね』

「店長がそんなことを……」

『あなたにだけ真相を内緒にして、結果的にあなたを騙すような形になっちゃったけど……「私のことは娘には絶対に言わないで」って店長さんに強く釘を刺したのは、おかあさんなの』

「そうじゃったんだ……」

『だって真相を知ってしまったら、あなたはきっとまた苦しむでしょう？』

「…………」

世の中、知らぬが仏。望美は中森親子との一件での、忍の台詞を思い出した。

『だから、まほろば堂の人たちを責めないでね。特にあの店長さんは、どうすればあなたの心が救われるのか、とても真剣に考えてくれたの。私がここまで傷つけてしまったあなたを、救う方法を』

優しい嘘。真幌からの、そして母からの。

『彼らのおかげで、こうやって望美ともう一度会えたし。もうこの世に未練はないわ』

「おかあさん……」

いつも心の奥に絶望を抱え、死にたがっていた望美。彼女はここまで追い込まれなければ、自分を取り戻せなかった。ひとりぼっちの状況をいつまでも悲観し、自分を見捨てた母親をきっと許せないままだっただろう。

黒猫と真幌が目論んだ事の真相。要約すると、こうである。

既に死亡が確定している母に『娘さんが死にそうだから助けてあげて欲しい』と嘘の打診をする。それを冥土の土産として締結することで、罪の意識に苛まれていた母へ、娘に対する贖罪《しょくざい》の機会を与える。

そして死にたがりの娘は、望み通りホームから突き落とし、一旦生死の境を彷徨わせ霊魂の状態にする。

しかし実際は母の契約書の締結が先にあるので、娘は確実に魔力で瀕死状態から脱することができる。

最初から殺す気などはなかった。そもそも最高神の定めし寿命を変えることは、その眷《けん》属《ぞく》である死神といえども、基本的には許されていない。あくまで自ら命を安易に絶とうとする娘に、自分の愚かさを自覚させようとしただけだったのだ。

その後、ひとりぼっちの娘を自分たちの傍に置き、仕事の面倒を見ることで、荒《すさ》んでいた娘の心も救済する。

同時に、この世にひとり残される娘を心配する母をも安心させる。

こうして『娘の命を救ってください』『母の傷ついた心を救ってください』と願う母娘双方の望みを、同時に叶えたのだ。

すべては、ひと組の母と娘のこじれた関係の仲介をし、和解させる為のシナリオ。冥土の土産屋『まほろば堂』の面々による、手の込んだトリックだったのだ。

『そろそろお別れみたいね……』

白い世界の中、薄れ行く母の姿を望美はじっと見つめる。

『望美、おかあさんを……許してくれる？』

瞳に涙を浮かべ、うんうんと何度も頷く望美。

『おかあさん……ひと足早く……おとうさんの元へ行くけど……あなたはもっと生きて……もっと幸せになって……』

溢れる涙が、ぽろぽろと頬を零れ落ちる。

望美はそれを拭いもせずに、透明になりつつある母の姿をじっと見つめた。

『あなたのおとうさんのように……優しい男の人と出会って……一緒になって……ささやかでもいいから……家庭を持って……』

「おかあさん……」

『あなたがずっと、そう望んでいたように……』

天女の羽衣を着た母が優しく微笑む。

『そう……きっとそこが……』

「お……かあ……さん……」

『きっとそこが……あなたの……居場所《まほろば》だから…………』

母は、白い世界の彼方へと消えて行った。

# エピローグ

「これで契約は成立です。では、書類に署名と捺印をお願いします」

望美はこくりと頷き、書類にサインと判を記した。

三ヶ月後。

場所は岡山市内の不動産屋。実家近所の駅前店だ。母の死後。逢沢家の相続人となった望美は、自宅を賃貸物件として貸し出すことにした。

「最近、一軒家の賃貸物件はニーズが高まっていますから。早ければ翌月から家賃収入が見込まれますよ」

対面に座る不動産屋の中年店主は、人のよさそうな笑顔で言った。


不動産屋を後にして、望美はつぶやく。

「最近暖かくなってきたなあ。そろそろコートも必要ないかな？」

幼い頃から見慣れた町並み。駅前とはいえ繁華街ではないので、さして賑わいもない。

よくある地方の町の地味な風景だ。

駅の方に目をやると並木道の桜がつぼみを見せ始めている。その下を歩く卒業証書を脇に抱えた女子高生たち。そんな姿が望美の目に留まった。望美の母校の制服だ。

望美の高校生活は、悲しい思い出でいっぱいだった。でも後輩たちの希望に溢れる笑顔を見ていると、今は素直にエールを送りたくなった。

母は生命保険に加入していた。受け取り名義人は実の娘の望美。その中から入院費や葬儀の費用を賄い、借金も完済した。それでも、まだ口座には充分な残金がある。これからは実家を貸し出すことで家賃収入も見込まれる。

ジリ貧だった生活が一気に大逆転した。そう言った意味では奇跡のサヨナラホームラン。当面、生活には困らないだろう。しかし、ぼっちな人生は相変わらずだ。家族も友達も職場の仲間も恋人だっていやしない。

「あたしも、しっかり前を向いて。新しいスタートを切らんとね」

交差点の信号待ちでスマートフォンの画面を見る。

「ええっ！」

何気なく閲覧していたネットニュースに望美は大声を上げた。じろじろと周囲の視線が痛い。身を竦《すく》めながら、まじまじとスマートフォンの画面を再確認する。

【悪徳連続結婚詐欺師。逮捕から半年、懲役十年の実刑判決】

『犯人は、お見合いパーティーなどで出会った十数名の女性から、相次いで多額の金銭をだまし取ったとして逮捕され詐欺罪に問われた。更にまだ多数の余罪があるとの疑いが高く、別件逮捕の可能性も――』

そこには、あの男の顔写真と名前があった。

◇

小泉華音から手紙が届いた。

結婚式の招待状だ。望美の実家宛に配達されたものが、アパートに転送されてきた。

差出人の住所は京都だった。招待状に添えられた紹介文によると、華音は地元の有名私立女子高を卒業後、京都の四年制私立大学に進学。そこで偶然、同じ岡山出身のサークルの先輩である新郎と出会い、この春の大学卒業と同時に結婚という運びとなったようだ。

式場は倉敷アイビースクエア。新郎の地元である岡山県倉敷市で行うとのこと。

ともあれ県外在住の華音。旧友のホーム転落事故のことはどうやら知らなかったらしい。

招待状の片隅に、手書きで『のぞみちゃんに、ずっと会いたかったよ』と昔を懐かしむメッセージとＬＩＮＥのＩＤが書かれている。

「かのんちゃん。あたしだって、ずっとずっと会いたかったたんじゃけえ」

望美は頬を緩めながら、招待状に『出席』と記入した。

◇

「行ってきます」

狭いアパートの玄関から、机の上に飾られた父と母の遺影に向かって声を掛ける。その脇の小さな写真立てにはスナップショット。望美が幼い頃、家族三人で撮ったものだ。

「今日の面接、どうか採用されますように」

濃紺のリクルートスーツに身を包み、建付けの悪いアパートの扉を開ける。

眩しい朝日が彼女を照らす。望美は小さくつぶやいた。

「あたしの新しい門出、天国から見守っていてね。おとうさん、おかあさん」

◇

四月。

倉敷美観地区は桜並木に彩られていた。

緩やかに流れる倉敷川。銀色に輝く水面には、家族連れを乗せた高瀬舟が今日も優雅に運航している。そんな観光地の片隅にある老舗土産屋の店頭にて。白髪の店主、蒼月真幌はぼんやりと外の景色を眺めていた。

ひらひらと風に舞うソメイヨシノの花びら。春の午前の柔和な日差しが店内にも差し込んでいる。

老夫婦を乗せた人力車が目の前を走り抜ける。

「ハァ」

春だというのに。真幌は最近、ため息ばかりついている。ここのところ、どうも仕事に身が入らない。昼の通常業務も夜の冥土の土産屋もである。真幌は自分に活を入れようと、ぴしゃりと自らの頬を叩いた。

そんな店主の背中を見ながら、店内奥のカウンター席に陣取る義姉の中邑忍は、黒猫に向かって小声で話し掛けている。

春だというのにブラックレザーのジャケットにパンツにロングブーツ。相変わらず、忍者のように全身黒ずくめだ。

「真幌ったら、最近ずっとあんな調子なんだけど。ねえ、アンタどう思う?」

倉敷ガラスの一輪挿しの横にちょこんと座っている黒猫は「にゃあお」と返事をした。さあね、と顔に書いてある。

「あの子が店を辞めてから、ずっとああなのよ。最近の真幌ったら。なんか、抜け殻のようっていうか。ミイラ取りがミイラになったっていうか。あの子がいなくなって、きっと寂しいのよね」

「ふしゃ、ふんしゃあ」

さてどうだか、と言いたいのだろうか。

「ていうか真幌も、そろそろ新しい恋人でも作って第二の人生のスタートを歩むべきなのよ。だって美咲が死んで、もう五年になるのよ。いい加減、吹っ切ってさ。健気にずっと待っていても死者は冥土からは蘇らないんだから。その方がきっと、死んだ美咲も喜ぶ。残された旦那が幸せになる方が、安心してあの世で暮らせるはずなのにね」

忍がしみじみと語る。二人のことを幼い頃からずっと傍で見続けていた、実の姉だからこそ言える台詞だ。

「にゃあああおおおにゃあー」

人の事をとやかく言う前に、オマエがさっさとヨメに行けよにゃあー。黒猫は猫語で突っ込みを返した。

「随分と賑やかだなあ。なにをしているんだろう、ふたりとも」

店頭の真幌は怪訝そうに振り返り、店の奥の様子を窺う。

そんな真幌の肩を、背後から誰かがぽんと叩いた。

「はい、いらっしゃいま……あ！」

「店長、お久しぶりです」

それはリクルートスーツ姿の望美だった。

「望美さん……」

店の奥から、なんだなんだと忍と黒猫が顔を出す。

「ん、どしたの？　あーっ、望美じゃん。久しぶり！」

「忍さんもお久しぶりです。それにマホくんも」

ぺこりと頭を下げる望美。

「へー、決まってるじゃん。スーツ姿、よく似合ってるわよ」

「ごろにゃん♪」

黒猫マホは猫なで声を上げながら、望美の胸元へ飛びつこうとする。

すかさず忍は黒猫の首根っこを捉《つか》まえた。

「ふしゃあ！」

「あ、望美。アタシら、ちょっと買い出しに行って来るから。奥でゆっくりコーヒーでも飲んどきなよ」

「ふんにゃあ！」

「ほれ、いいからアンタも付いておいで」

忍はレザージャケットのファスナーを降ろすと、胸元にぽいっと黒猫を投げ込んだ。

「ふぎゃ！」

むぎゅっと胸で挟み込みファスナーを上げる。黒猫マホがちょこんと顔だけを覗かせる。

忍がブラックメタリックのメットを被り、店頭脇に停めてあるバイクに跨がる。

スタータースイッチを押してフルスロットル。閑静な美観地区に排気音が鳴り響く。

「じゃあね、ごゆっくり」

忍は胸に挟んだ黒猫と共に、川沿いの桜並木を愛車で駆け抜けて行った。


忍の遠ざかる背中を見届けると、真幌は望美をちらと見た。

春の日差しの中、彼女の見慣れぬスーツ姿がひときわ眩しい。真幌は頬を赤らめて、白髪を掻く。

仕事とはいえ彼女をずっと騙し、真相を隠していた。自分にだって罪悪感はある。だから面と向かって顔を合わせるのは、かなり気まずい真幌だった。

「望美さん。もう、ここにはこないものかと……」

言葉を遮るように望美が笑顔で言う。

「店長、お元気ですか」

「ええ、まあ……ぼちぼちとは」

「ご飯は、しっかり食べていますか」

「それが最近は仕事も忙しいし自炊も面倒で、なかなか……それよりも望美さんの方は、顔色も良さそうで」

「ふふっ、だってあたし、もう生霊じゃありませんからね」

「そうか、そうでしたよね」

ふたりは顔を見合わせてくすりと笑った。

「店長は、顔色がけっこう悪いですよ。昼に夜に働きすぎじゃないですか」

「ええ、まあ……正直、スタッフを雇いたいところではあるんですけど。あまりにも夜の業務内容が特殊すぎるので『店員さん募集』と表に貼り出すわけには」

「ですよねえ。夜は死神との契約代理店だなんて。そりゃあバレたら、みんな逃げ出してしまいますよね。って以前も同じことを仰っていましたよね、店長？」

「そう、でしたっけ？」と真幌が苦笑する。

「望美さん、今日は面接の帰りですか」

真幌は望美のリクルートスーツをちらと見ながら言った。

「いえ、帰りではありません」

では面接へ向かう前に立ち寄ってくれたのだろうか、と真幌は思った。

「店長。実はあたし、今日はお店に忘れ物を取りに来たんです」

はて。そんなものがあっただろうかと、真幌は首を傾げた。

「ちょっとお店の奥を探させてもらいますね」

勝手知ったる昔の職場。望美は暖簾を潜り、店の奥へと行った。

しばらくして望美は店頭に戻ってきた。

「店長、見つかりました。これです」

それは茜色の和装メイド服だった。困惑の表情を浮かべる真幌。

「メイド服を記念に欲しいってことですか。ですが、それは差し上げるわけには……」

「ええ、分かっています」

——亡くなった奥さまとの思い出がいっぱい詰まった、大切な形見ですものね。

望美はそう口に出したい気持ちを抑えて、別の台詞を言った。

「これを持って帰りたいって意味じゃないですよ。店長、あたしの今の姿を見て何かお気付きになりませんか」

望美は誇らしげに胸を張る。

「リクルートスーツですよね。素敵です、とてもよく似合っています」

「ありがとうございます。相変わらず口がお上手ですよね。お世辞でも嬉しいです」

お世辞などではない。今日の彼女は本当にきらきらと眩しく輝いて見える。

真幌の頬が仄かに火照る。頬だけではなく、胸の奥も。

「つまり望美さんは、新しいお仕事を探していらっしゃるんですよね」

「はい。あたし、見ての通りの就活中なんです。だから店長、あたし今日は――」

望美は真幌の目を、まっすぐに見上げて言った。

「あたし、まほろば堂へ面接に来たんです」

「えっ！」

「店長、あたしをここで雇って頂けませんか」

そう言いながら望美は今朝、父と母の遺影に向かって『今日の面接、どうか採用されますように』と呟いた台詞を思い返していた。

彼女の志望する職場とは他でもない、倉敷美観地区の老舗土産屋『まほろば堂』だったのだ。

「望美さん……本気ですか？」

「もちろんです。以前はバイトの見習いメイドでしたけど。一応は実務経験になりますよね。それにあたし、この仕事にやりがいを感じていたんです。だってここのお客様は、あたしの存在を、あたしがここにいることを、ちゃんと認めてくれていたじゃないですか」

精一杯の笑顔を作って、望美が言葉を続ける。

「それがなにより嬉しかったんです。なんか生きているなって実感が湧いたんです。って生霊だったあたしが言うのも変ですけどね」

「望美さん……」

「それに店長。あたしの母に『僕が責任を持って彼女の身元を引き受けますので、どうぞご安心ください』って言ってくださったんですよね」

「ええ、まあ」

「だったらご自分の発言に、ちゃんと責任とってくださいよね。店長さん？」

精一杯の背伸びをしながら、茶目っ気たっぷりに言う望美。

だけど、すべては虚勢。内心はドキドキだ。断られたらどうしよう。さっきから背中も掌も冷や汗でびっしょりだ。

真幌は顎に手をやり、眉をひそめてしばらく考え込んだ。

沈黙が続く。

――やっぱり……いきなり、ご迷惑だよね……ちょっと図々しすぎた……かな……。

上目遣いで、真幌の顔を覗き込む。目と目が合う。白髪の奥に垣間見える、長いまつげに鳶色の瞳。望美の胸が、とくりとときめく。

真幌はしばらく考え込んだ後、ようやく重い口を開いた。

「申し訳ございませんが、うちはごらんの通りの零細個人商店ですので」

面接不採用の典型的な断り口上だ。望美はがくりと肩を落とした。

「やっぱりそうですか……」

うなだれる彼女の姿を見て、真幌はふっと頬を緩めた。

「ごらんの通りの零細個人商店ですので、そんなに良い月給は出せないんですけど。ちょうど人手も欲しかったところでもありますし」

望美の顔が、ぱっと花咲く。

「え、それじゃあ。いいんですか、店長。あたし、雇ってもらえるんですか」

こくりと頷く真幌。

「あたし……ここにいても……いいんですね？」

ひとりぼっちで孤独だった自分が、ようやく見つけた心の居場所。もう、決して離しはしない。

望美は手にした茜色のメイド服を、胸元でぎゅっと抱きしめた。

「店長……あたし……あ……たし…………」

何度も繰り返しつぶやく。瞳に涙が溢れている。桜色に染まる彼女の頬に、ほろりと一筋の雫が伝う。

はらはらと桜舞い踊る倉敷美観地区の片隅で。真幌はにっこりと微笑み、望美の細い肩へ手を差し伸べた。

# あとがき

もしも天使が現れて「死ぬ前にひとつだけ願いを叶えてあげる」と言われたら、自分は何を望むだろう。

どうせならパーッといきたい。ここは自作が重版出来コミカライズ映像化からのベストセラー作家の仲間入りだろうか。主演の女優さんからは先生なんて呼ばれちゃったりして。

……いや、まてよ。もし仮に、あの世で家族や友人と再会したとして。

「家族のことよりそっちが大切なんだ」「おとうさんひどい！」「あんたをそんな子に育てた覚えはない」「クズやなぁ」などなど。永遠の時空の中で総スカンくらったりして……。

それに夢なんて、結局は自分の力で掴まないと虚しいだけかもしれないし。

色々と悩んだ挙句、お墓を参って「家族が健康でありますように」とか、お寺や神社でお賽銭を投げながら「家内安全」って柏手打つだろうな、きっと。

そんなことを考えながら、この物語は生まれました。

本編のヒロイン望美も、作者と同じく優柔不断で気の小さい不器用な子です。

家族とうまくいかなかったり、友人に嫉妬したり、職場でなじめなかったり、頼れる上司に密かな恋心を抱いたり。様々な思いを抱えて、限られた毎日を一生懸命に過ごしています。そんな彼女を温かい目で見守って頂けると、親としては冥利に尽きます。

最後になりましたが、謝辞をさせてください。ネットの片隅でひっそりと開いていたこの店を拾い上げてくださった佐藤さん（同郷の方です）。作者以上に望美の良き理解者である編集担当の尾中さん。旅情レトロな味わい深い表紙絵を描いてくださった、げみさん。なまこ壁をイメージした粋な装丁をしてくださった大岡さん。

書籍化の激励に美観地区まで来てくれた京都の美大時代の友人M&T。「君の作品で、まほろば堂と望美ちゃんが一番好き」と言ってくれた長年の創作仲間K。傍に居てくれる妻と子供たち。育ての親である冥土の祖母。

そして他の誰よりも、この本を手に取ってくださったあなたへ、精一杯の感謝を込めて。本当にありがとうございました。皆様のご家族が、どうか健康でありますように。

ぼくらのマツリは、ここから始まる。

二〇二〇年　倉敷美観地区傍の図書館の片隅で。　光明寺祭人

ことのは文庫

冥土《めいど》の土産屋《みやげや》『まほろば堂《どう》』
倉敷美観地区店《くらしきびかんちくてん》へようこそ

2020年9月26日　初版発行

著者　光明寺祭人《こうみょうじさいと》
発行人　武内静夫
編集　佐藤　理
編集補助　尾中麻由果
印刷所　株式会社廣済堂
発行　株式会社マイクロマガジン社
URL：http://micromagazine.net/
〒104-0041
東京都中央区新富1-3-7 ヨドコウビル
TEL.03-3206-1641 FAX.03-3551-1208（販売部）
TEL.03-3551-9563 FAX.03-3297-0180（編集部）

本書は、小説投稿サイト「小説家になろう」（http://syosetu.com/）に掲載されていた作品を、加筆・修正の上、書籍化したものです。
定価はカバーに印刷されています。

ISBN978-4-86716-055-8　C0193
乱丁、落丁本はお取り替えいたします。